U0694996

处处飘满茶香的山村

卢一心 著

中国当代名家

精品必读散文

天空上同样有一条河，它的名字叫银河或者天河。

神通过这条河观看大地的原形。

我猜想，那里附近应该同样也有草地和牛羊，

包括青蛙和萤火虫等，反正大地上有的天空上也应该有。

知识出版社

图书在版编目（CIP）数据

处处飘满茶香的山村/卢一心著. —北京：知识出版社，
2016.3

（中国当代名家精品必读散文）

ISBN 978 - 7 - 5015 - 8998 - 2

Ⅰ. ①处… Ⅱ. ①卢… Ⅲ. ①散文集—中国—当代
Ⅳ. ①I267

中国版本图书馆 CIP 数据核字（2016）第 040812 号

总 策 划　张海君　李　文
执行策划　马　强
责任编辑　梁嬿曦　马　跃
封面设计　君阅书装

知识出版社出版发行

地　　　址　北京市西城区阜成门北大街 17 号
邮政编码　100037
电　　　话　010 - 88390732
网　　　址　http：//www.ecph.com.cn
印　刷　厂　河北锐文印刷有限公司
开　　　本　1/16
印　　　张　12
字　　　数　180 千
印　　　次　2016 年 3 月第 1 版　2018年11月第2次印刷

 ISBN 978 - 7 - 5015 - 8998 - 2　定价：28.00 元
本书如有印装质量问题，可与出版社联系调换。

不死的山水靠什么养活

古代民间相师口中流传着一句经验之谈，即"蜀人相眼。闽人相骨。浙人相清。淮人相重"的说法。细想之下，认为很有道理。继而想到，古代民间相师口中的经验之谈实际上和当地山水有关。有什么样的山水就有什么样的人的形态和情态。实践证明，每个人的形态和情态包括语言和声调确实都和当地山水有关。

那么，不死的山水靠什么养活？首先举个例子，到过武夷山的人都知道，武夷山是以"山上看水，水中观山"而著称，桂林则以"山形奇秀，石色苍蓝"而引人注目并令人啧啧称奇，同时散发出其内在的山水魅力，这也是其活着的证据和理由，旺盛的生命力也因此而得到充分的体现。可见，山水对人的影响有多大。

我是闽人，自然对其中的闽人相骨较为敏感，印象和体会也较为深刻。所谓闽人相骨，应是指闽人受多山多水的影响，长相大体比较有骨质感，走起路来，脚步也较有弹性，浑身上下充满山水浪漫的情怀，动作也会令人想入非非。所以，相师在看相时以骨相为要，此说算是抓到了要领，不得不佩服古代相师的高明。相信其他地方的人，对山水的理解也一定深入到骨髓里，也因此而缠绵着。

进一步说，闽山闽水到处充满着龙泽水气，是因其靠近海边的缘故。另外，闽南地区常年四季多雨水，所以，山清水秀，令人陶醉，所谓"鱼米之乡"由此而来。然而，在现实生活中，真正懂得或有心去阅读和倾听山水的人并不多。大都只是就山说山就水说水而已。真正懂得并有心去阅读和倾听山水的人，定会有多种解读方式，其中之一必能够从闽南人的口语中感受到一种水汽弥漫的氛围，而这种氛围当中即包含着山水之美。不仅如此，闽南人连走路的姿态也富有青春浪漫的气息和弹性，背影更会让人浮想联翩。可见，所谓一方水土一方人，在这里又得到了进一步的印证。其实，与其说这是一种相人观，不如说是一种自然观。

远的不说，且以我的家乡——国家 AAAA 级旅游风景区三平寺周围的山水为例，三平寺周围的山水自然风光之美，其实是不用再多做描写的，类似的精彩随处可读到。三平寺不同之处在于，一是其地处化外之境；二是其千百年来香火始终鼎盛，游客与日俱增。之所以如此，皆因这里有一座千年古刹，为唐代高僧义中禅师所创，至今已有 1136 年，且以"岩谷深邃，结曲奇危"而著称。可见，三平寺周围的山水至今确实还保护得完好，原始的魅力令现代人神往。

此外，三平寺闻名于天下的原因，除了和义中禅师以及周围的山水有关外，更重要的是和当时吏部侍郎王讽以及郑薰等历史人物有关，还有就是唐宋八大家之首——韩愈，以及清乾隆时期的文华殿大学士——蔡新等人。正是因为他们为三平寺周围的山水注入文化内涵并留下了底蕴，才使三平寺周围的山水显露出旺盛的生命力，三平祖师文化值得挖掘、发展和保护与弘扬的重要原因也就在这里。

记得，蔡新也就是蔡太师曾为三平寺写下一副对联，其中后半句便是"五峰秀透骨",只可惜上半句已无从查考,如今连后半句也遗失,但从这后半句已可读出蔡太师赏玩山水所达到的超然境界。蔡太师是漳浦人,跟平和也有牵连,因他是平和人的外甥,难怪他常到三平寺"食武夷(乌龙茶),看金鱼"。优哉游哉。

实际上,据史载,当年义中禅师从广东潮州来到三平山建寺,便和唐宋八大家之首韩愈有直接关系。正是因为韩愈的举荐,义中禅师才来到漳州,最后才到三平寺落户,三平祖师文化才机缘巧合地形成。当然,也有其他历史传说,不必一一细说。总之,两人注定有一段不解之缘,这是有历史记载的,不必争辩。

当年,义中禅师来到三平寺以后,三平寺周围的山水还很原始和荒芜,几乎可以说还是一块从未开垦过的处女地,之后才变得文明起来,并有了今天的现代气息。当然,在此之前,这里的山水就已经活着也是事实,但那个时候,因很少有外界人士来到这里,因此,活得再好也没人知道,这就是义中禅师的最大贡献。

如今,到过这里的人一定都会发现,三平寺周围的山水不仅原始的魅力犹存,而且文化氛围浓厚,更重要的是其处女之身所弥漫和荡漾出来的那种原始和神秘之感,更会让那些络绎不绝的游客产生激情,而这一切,其实已经不用再诠释了。

可以说,无论是谁踏上这条蜿蜒的山路,内心一定都会感受到一种来自大自然的亲善与柔情,而这种亲善与柔情也一定会让每个人的心境顿时变得一片空明和清静,慈悲与祥和之心立现。同时也会发现,沿途一草一木仿佛都充满灵性,十分善解人意一般。其实,这种魅力既是自然存在的也是人类所赋予的。

然而,人们还是要问,不死的山水靠什么养活?其实,这个问题说简单也很简单，山，通过树木和石头呼吸而活着，而树木和石头，通过水和空气以及阳光的照射和洗礼而获得生机，这是大自然公开的秘密。换个角度理性地讲，山水活着的原因至少有三：第一，要靠大自然及其本身的生存规律活着；第二，要靠文化的积累和滋养而活着；第三，从某种意义上讲，可以说，山水是因人类生存而活着。可见，"一方水土一方人"这句俗语说得也很有道理，甚至说出另一种生存的秘密。

事实也是如此，千百年的山水必须用千百年的眼光去注视，才能够读懂和发现它的山韵和水情，包括佛意和禅心。不过，仅仅用千百年的眼光来注视和解读山水无论如何是远远不够的，或许，还必须用永远的眼光来注视和赏读，才足以读出它的更多精彩，但愿三平寺周围的山水会越活越年轻越有生命力。

最后，我想说的是，无论不死的山水活着的理由是什么，见山是山，见水是水；见山不是山，见水不是水；见山还是山，见水还是水。既是佛教三境界，也是人生三境界，同时也是不死的山水活着的理由。当然，仁者见山，山便是仁山，智者见山，山便是智山。同样的道理，仁者见水，水便是仁水，智者见水，水便是智水。不同的人心中有不同的山水，这就是大自然最深奥的哲学。

毛　岭

　　大约二十几年前，某一天傍晚，有个醉汉推着一辆自行车，从毛岭经过，他要回家，他的家在县城附近，他在文峰镇政府里工作，而从文峰镇政府往县城方向走，就必须经过毛岭。那一天，他与两位朋友一起喝酒，喝得有点儿过了，但他认为自己并没有醉，只是头有点儿晕而已。喝完酒后，他推着自行车就要回家，那天正好是周末，他要回家去。朋友拦住他，"今晚还是不要回去了，明早再回去。""不行，晚上不回去，家里人会担心，我又没喝醉。"说完，就骑着自行车走了，朋友见他上车还稳稳当当的，也就放心让他回去，心下也都十分佩服他的酒量，那天，他至少喝了两瓶酒，一瓶是60度的高粱酒，另一瓶是45度的竹叶青。

　　路上，他骑着自行车，风一吹，身子觉得有点儿飘，手脚有些发酥，理智告诉他，不能再骑自行车了，于是，他下了车，然后推着自行车经过毛岭。上岭的时候，他还不觉得什么，下岭的时候，他就有一种很想睡觉的感觉，走着走着，由于下岭的时候，人的身体重心向前，自行车又急着往前走，所以他有点儿控制不住了，他往前方一看，发现岭下有间茅草屋，于是就把自行车放在旁边，然后睡在茅草屋旁边。那间茅草屋不是人住的，而是附近村民用来堆放杂肥的。他这一睡自己也不知道到底睡了多久，后来他只记得好像自己做了一个梦，梦见有一个和尚手持佛珠路过那里，看见他睡在路边，就面露慈祥地叫醒了他，他睁开眼睛，人感觉轻松了一些，一看，天色已晚，于是就又推着自行车回去。他的家里人果然望眼欲穿，担心至极，心里都在想，天色这么晚了，怎么还不见回家呀？老婆和女儿时而就到路边昂首眺望，焦急之情溢于言表。总算于朦胧的夜色中，看见了那个熟悉的人影推着自行车回来了，悬着的心也终于可以放了下来。然而，老婆还来不及说出一句询问或埋怨的话，马上就发觉有点儿不对劲，女儿上前去接下自行车，老婆也赶紧用手扶住他，而他一踏入自家的门槛，马上就又睡着了，他实在太累了。老婆和女儿都从他身上闻出了浓浓的酒气，一切也全都明白了。

后来，他把发生在毛岭的事讲给周围的人听，周围的人一边觉得不可思议，一边也暗自为他捏了一把汗。为什么会这样呢？原来一提到毛岭，周围的人头皮马上会发麻，一种神秘和恐怖的感觉油然而生。周围的人之所以会有这种毛骨悚然的感觉，并不是因为他梦中遇见的那个和尚，而是传说中，毛岭那个地方有7个女鬼，经常出来抓人，所以，那个地方经常出事，有的是因为车祸引起的，有的出事的原因还会莫名其妙。总之，每年那个地方总要意外地死上几个人，吓得人们晚上的时候都不敢单独经过，阴森恐怖气氛不言而喻，难怪周围的人都会为他捏上一把冷汗。也许，他真的是太幸运了，也许，他真的是命中有福星高照，连女鬼也不敢近身，而是让一位怀有菩萨心肠的和尚出来唤醒迷糊的他。据说，也有一个人是十分幸运的，那个人是个年轻人，英俊潇洒，那天，他骑着一辆自行车风驰电掣般从毛岭上俯冲下来，快要到岭下时，突然有一辆卡车急转弯过来，他正要紧急刹车，没想到刹车失灵，他的头脑马上变得一片空白，来不及细想，本能地让自行车冲入路边的山沟。那山沟至少有两米多高，3米多宽，沟里积满了水，至少也有一两米深，可是他却骑着自行车一飞而过，车子掉下水沟，人却站在对岸安然无恙，半点无受伤的痕迹，直愣愣地站在那里，仿佛不知道发生了什么事似的，一时之间实在没有反应过来。有人说，他是从鬼门关捡回了一条宝贵生命，他自己也是这么想的，据说，毛岭上的女鬼最喜欢英俊潇洒的年轻小伙儿。

关于毛岭这个地方耸人听闻的故事还有很多很多，不必再多举例子了。只可惜，从今往后，有关毛岭传奇的故事再也不会发生了，即使有，也只是寻常的车祸事故之类，神秘和恐怖气氛应该会越来越少，因为现在的毛岭已非过去的毛岭。现在的毛岭不仅没有了过去那种神秘和恐怖的气氛与传说，连山岭也变平坦了，而且还铺成一条近20米宽的水泥公路，周围的原始丛林也变少了，并且变得阳气十足，那7个女鬼再也找不到栖身之所了。过去的毛岭，之所以阴森恐怖，除了山险林密，路崎岭峭之外，更是因为愚昧和缺乏安全意识所致。当然，历史的原因和文化传承以及影响的原因也是十分明显的，这是现代文明的荣幸与自豪，因为现代文明改变了过去的愚昧和无知，更让现代人走出了野蛮的阴影。

认真追溯起来，毛岭的原始和野蛮，包括神秘和恐怖的气氛，至少应该回到1000多年前的历史。那个时候，毛岭乃至整个文峰地区，可以说都尚未被开发，处于原始落后的阶段。也就是说，那个时候，生活在这一地区的人都还是原始人，他们和她们都还穿着树叶或兽皮，吃的也是野食，住的也是鸟巢之类的，挂在树上，不懂得围墙筑屋，更不懂得围炉烤火，难怪全身都是毛烘烘的，也难怪有"毛人"的传说。其实，据史料记载，这些"毛人"就是传说中的"山都木客"，也就是如上所讲的那些特点。后来，因为义中禅师的到来，才将文明带进这个山旮旯里，让这里的"毛人"也就是"山都木客",走出了愚昧和野蛮,才有今天的局面。

换句话说,今天这里的一切,和所发生的天翻地覆的变化,认真追究起来,应该归功于义中禅师当年的不辞劳苦和艰苦奋斗,如今,三平寺被国家列入 AAAA 级旅游风景区,义中禅师享受万年香火也是应该的,这也是后世人朝圣的原因。说到这里,我又想起文中提到的那个和尚,难道他不正是后世人心中的一种映照和另一种期待与盼望吗?一切的一切,皆因神秘而起,也必将以神秘为继续。

三平因文化而腾飞

从前有座山，山里有座庙，庙里有个和尚在讲故事……

每当我听到这首民谣时，总是会想象着它那虚幻的意境，想象中，那白云缭绕的大山深处，古柏掩映着古寺，环境十分清幽；然后，只听到寺庙里传出深沉而又悠扬的钟声，回荡在群山之中；然后，有一个龙眉皓首的老僧坐在禅房里，用声若洪钟的声音，正对着另一个和尚，讲述一个年代十分久远的故事。

其实，诸如此类，有关一个人和一座寺庙的故事和传奇很多很多，也各有各的特点，但是，真正拥有深厚文化内涵和影响力的并不多，因文化而使一个地方腾飞者更是少之又少，三平就是这样一个地方，就是因一个人和一座寺庙而腾飞。准确地讲，三平因文化而腾飞，这就是宗教的力量所发挥的作用。

先来说说一个人的故事与传奇，这个人就是义中禅师，俗称"祖师公"。

义中禅师，俗姓杨，名义中，敕号广济禅师，祖籍陕西高陵，于建中二年（781年）正月初六生于福唐（今福清市）。义中从小不食荤腥，14岁剃发出家，27岁才受具足戒。为求证佛法，先后造访中条山百家岩怀晖禅师，西堂智藏禅师，洪州百丈山怀海禅师，抚州石巩禅师，潮州大颠禅师，并成为大颠的法嗣弟子。公元824年，大颠禅师圆寂后，义中于公元826年离开潮州到漳州，并在漳州开元寺后的半云峰下（今紫芝山）创建"三平真院"，宣扬佛法，会昌五年（845年）唐武宗李炎废佛汰僧，禅师事先率领僧尼避居于平和九层岩，依靠当地的民众，在大柏山麓建成三平寺。义中禅师初到九层岩时，便传授桑麻耕织和技术，召集流亡，垦创田地，兴修水利，筑村建舍，使当地生产得到恢复和发展。并以精湛的医术，为民诊治，又教山民习武强身，御暴安良。宣宗皇帝敕封义中为"广济禅师"。咸通十三年（872年）十一月初六禅师圆寂，享年92岁，僧腊65年。圆寂之后，其门人弟子塑其金身奉祀，号曰"祖师公"。这就是他的简历。

其实，义中禅师早在拜师时，就已经被他的师傅石巩禅师称为"半个圣人"，可见其必定具有慧心独到的一面，否则，不可能得到石巩禅师如此赞誉。更何况，石巩禅师个性乖张，收徒方式奇特，总是张弓搭箭，吓得许多佛门弟子不敢靠近。

再来说说一座寺庙的故事，这座寺庙就是闽南著名的千年古刹三平寺。

三平寺，地处福建省平和县文峰镇境内，距离漳州市区47公里，距离平和县城30公里，四周群山环抱，让人有如登临化境之感。该寺始建于唐会昌五年（845年），为晚唐高僧杨义中即义中禅师所建。据传，义中禅师之所以躲到三平建寺弘法，主要是因为唐武宗皇帝推行灭佛汰僧政策，不得已才遁入深山的。建成后的三平寺，坐北朝南、北靠狮子峰、南坐笔架山，百丈漈、东接大柏山、西邻九层岩。该寺庙的选址是由义中禅师亲自选择的，他精于易经八卦。后来，有懂风水的人说，这座寺庙依山建筑，山势有如游蛇下水，称作"下水蛇"，是个蛇穴。更绝的是，寺前一箭之遥，有一状似神龟向上爬的龟山，称作"上水龟"，龟蛇南北交际相会，乃天然宝地。当然，这只是风水上的一种说法。尽管如此，也已经是够让后世人产生无限联想和想象了，尤其是其神秘的部分。

另外，据有关资料记载，三平寺初建时只是"招提"小寺，历经千余年后，屡毁屡建，规模也不断扩大，才有今天的场面，达到了国家 AAAA 级旅游风景区的水准。而民国二十三年（1934年）冬，三平寺遭到了最后一次空前的毁寺灾难，几乎全寺一片废墟，仅存其中一柱，没有被烧掉，惨不忍睹。如今的三平寺是1937 年起至 1949 年才告竣，是由当地民众自行募捐重建起来的，以后才不断完善。"文革"时期，虽也凋零，但并没有受到重大摧毁，所以不必多提。

接着，来说说这个人和这座寺庙所沉淀下来的东西和所发生的一些事情。

且说义中禅师来到三平以后，本着惩恶扬善、除魔降妖、造福百姓的理念，并且以入世的情怀去出世，又以出世的情怀去关照现实生活和周围的一切，所以，后来被民间尊称为"祖师公"。当然，这只是俗称，后来，宣宗皇帝赐封他为"广济禅师"，可见其贡献巨大。事实也是如此，义中禅师的一生不仅浓缩着一部完整的中后唐佛教史，而且，他也在有意无意中成就了三平这块土地的传奇，何况，义中禅师还是六祖惠能的第四代弟子，继奉着佛教南禅正宗。

换句话说，正是因为有了义中禅师，才有今天的三平。的确如此。

义中禅师进入三平之前，三平这块地方确实还处在原始社会阶段，这里的人还过着原始人的生活，连生活方式也是最原始的那种，譬如吃生食、住树顶、用几片树叶穿在一起蔽体，而且，到处有野兽出没，虫蛇横行，因此，这里的人有山鬼之说。其实，只是当地土著民而已。不过，如果认真追溯起来，这些土著民应该是畲族人的祖先，另有一名叫作山都木客。所谓山都木客，就是指那些择木而栖的原始人，属于头脑还没有进化，智商也未受到启蒙的那些人，可见，还是十分的愚昧和野蛮，从而也暗示义中禅师创寺和立足本地的艰辛，尤其是与这些野蛮人相处，这是其可贵的地方，也是最值得赞颂的地方。从这个层面来讲，是非常具有现实意义的。

义中禅师进入三平以后，这里的一切才开始发生变化的。义中禅师带去了文明和知识，还有善念，并教会这里的人怎样围房筑屋、怎样生活和农耕还有读书识字等。因此也可以说，义中禅师的到来对这块地方来说，是第一个启蒙者和智者，如果把他说成是当地文化的奠基者，或许更为准确。而这里的人也确实是跟随义中禅师从原始社会一路走来的。

今天，三平因文化而腾飞，所表现出来的东西是多方面的，甚至是全方位的。别的不说，只要走进闽南地界，随时都可以看到并"闻"到祖师公香火的气息。确实如此，在闽南，几乎所有的机动车辆，司机座位前都会挂着或放着一尊祖师公神像和香袋，无论你走到哪里，抬头一看，也都可以看到和"三平寺"有关的字眼，譬如旅行社、宾馆、餐厅，还有其他产业链的交结与延伸等。此外，还有专业销售与之相关的各种像章、纪念币、音像制品商店等。总之，可以用一句话来概括，或用这样一句话来问一下，如今，整个漳州，尤其是平和，还有谁对自己故乡的贡献有如祖师公那样巨大？三平寺不仅是国家 AAAA 级旅游风景区，而且每年为平和带来了 60 多万游客和 3000 多万人民币的收入，而这仅只是官方的数字，也只是反映出其中的一个侧面而已。

如果客观一点，我们还可以简单地来算一下以下这笔账。

三平地区有近 4000 人口，如果不是因为这里有一座千年古刹——三平寺，这里的人如今很有可能还生活在原始社会阶段，至少还会生存在绝对贫困线以下，因为太偏僻了，谁愿意到那里去？那里的人要出来肯定也是很不方便的，如果走路的话，没有一整天不可能走个来回。过去许多的香客就是走路进山去拜祖师公的，因为当时交通不发达，道路崎岖，有车也进不去。可是如今，到过三平风景区的人就一定知道并且相信，三平这个地方已经像天然度假村一样，让人有一种如处世外桃源的感觉，而这里的家家户户，已经都过上十分优裕的生活了，他们住的是小洋楼，有点儿像别墅一样，不少家庭还有私家车，至于摩托车之类更是不在话下。更重要的是，这里的人因为和外面的人接触多了，消息也灵通，进出又十分方便，简直可以说和住在县城或市区没多大差别，尤其是生活的观念和人生的价值观也发生了根本性的变化，不再是过去那种愚昧和短视，而这笔账不是用数字可以算清的。此外，其他地区的信众所创造出来的各方面利益和价值等，更不用多说，譬如祖师公的分香火到台湾去的，目前就有50多座分庙，而且，规模不亚于三平寺的也有。更何况，还有东南亚许多国家和地区也有分庙。总之，三平因文化而腾飞，此言不虚，宗教的力量所体现出来的一切也得到了印证。

当然，如果从文化方面的深层原因和组成部分来分析一下，就更明白了。

说到这里，历史的悠云仿佛又浮现在眼前，不得不让人对历史产生无限的追忆和联想并对未来产生无限的遐思。其实，这也只是现代人必然的思考方式之一。

时光迅速回到公元669年（唐高宗总章二年），那个时候，因南方发生"蛮僚啸乱"，于是，朝廷便派遣戎卫归德将军陈政率府兵3600人入漳，但或许是因为水土不服，再加上对当地风土人情不熟的缘故，陈政将军及部将因此受尽了劳累和病苦。公元677年（唐仪凤二年）四月，陈政将军终于因病而故于军中，享年才62岁。陈政将军病故后，其子陈元光接任了他的职位，后来，经过一番打拼，他终于完成了父亲未竟的大业，因此，被后人尊称为"开漳圣王"。

陈元光平息了"蛮僚啸乱"后，主张教化治民，大兴教育，弘扬文化，施行法治，改变民风，并上疏朝廷，奏请在泉潮之间增设州县，取名漳州，并遣派刺史管理。时值武后亲政，唐垂拱三年（687年），武后下诏，准于原绥安地段，创建漳州府，辖漳浦、怀恩二县，漳浦附州为县，任命陈元光为漳州刺史（知府）兼任漳浦县令。就这样，陈元光成了地地道道的闽南王，并受到当地人的拥戴。陈元光所创造出来的奇迹，也因此成了闽南文化的最重要组成部分。

但是，也许是因为地处偏僻，人烟稀少，与外界几乎隔断的缘故，陈元光当时并没有来到三平这个地方。也就是说，三平当地的土著人并没有受到陈元光的教化，并在各方面得到发展。因此，三平还是处在原始社会阶段。也就是因为陈元光留下了三平这块处女地，才给三平祖师文化留下了现实和对未来的遐想空间，这就是为什么说三平祖师文化是闽南文化的重要组成部分的原因所在。

不过，只要稍微懂得三平祖师文化的人就知道，三平祖师文化之所以形成，也有两方面原因：第一，确实是因为陈元光留下了一块处女地，让三平祖师文化有了发挥的空间；第二，主要是因为武宗废佛汰僧的缘故。说到这里，我们又要回到当时的历史。众所周知，会昌五年（845年），武宗颁昭，天下废佛汰僧，这就是佛教所称的"会昌法难"。而在"会昌法难"发生之前，义中禅师就预感到佛门将遇到一场空前的劫难，所以提前率僧遁入三平，躲在深山密林这化外之境继续弘法，这才意外又不意外地改写了三平的历史，而这是历史的必然巧合吗？

然而，历史的风云瞬息万变，当时的三平寺虽然躲过一劫，但在历史的进程中却也是多灾多难的，同样遭受到多次几近毁寺的命运，其中尤以民国二十三年那次为甚。尽管如此，三平祖师公的香火并没有因此断掉，而且有越烧越旺的趋势，这就是信仰，这就是文化所产生的力量，这就是价值和贡献的全部意义所在。

最后，值得一提的是，2007 年 7 月 17 日至 18 日，首届海峡两岸福建（平和）三平祖师文化旅游节在这里如期举行，并且获得了圆满成功，值得庆贺。

让人振奋的是，盛会召开期间，有来自中国的大陆、台湾、香港、澳门等地区和新加坡、马来西亚等 32 个国家 5000 多位嘉宾前来参加盛会，其中以台胞为多，盛况空前。尤其是当最隆重的颂典仪式在庄严的乐声中正式开始时，200 多名身着礼服的信众代表在主祭人的带领下俯身向祖师公跪拜叩首，行三献礼时，场面更是因隆重和严肃与厚重而感人。可以说，整个仪式充分体现出浓厚的乡土文化和民俗特色，尤其是祝文中所突出的三平祖师文化当中"广济、和谐、发展"的主题，更加表达了海内外信众祈盼国泰民安、两岸统一、和谐发展的强烈愿望。据悉，目前三平祖师颂典仪式正积极申报非物质文化遗产项目，真是值得期待。

山，因寺而名，寺因高僧而香客络绎不绝，梵音悠扬。纵观中国佛寺和山水，何尝不是如此？难怪当代佛学大师赵朴初居士曾说："我国古代许多僧徒们艰苦创业，辛勤劳作，精心管理，开创了田连阡陌，树木参天，环境幽静，风景优美的一座座古刹大寺，装点了我国锦绣河山。"画家叶浅予也曾以诗为赞："人言名山僧占尽，荒山废寺谁问津？若非和尚勤维护，何来天目古杉林。"清乾隆皇帝更是以"世间好话佛说尽，天下名山僧占多"的名句加以赞颂。可见，名山与寺院，佛教与社会的和谐令人敬畏和信仰，而文化的力量是永恒的，也是进化的。

没有法嗣弟子

千年古刹——三平寺，名震海内外，香火千年不衰且越烧越旺。可是谁知道，三平寺是个没有和尚住持的寺庙，或许，这正是其独特之处。按理，三平祖师即义中禅师，作为南禅正宗第四世弟子，又是衣钵传人，应有自己的法嗣弟子才对，但他没有，实在令人费解。关于这方面，史书上有这样一段记载：

> 三平迁化。众请公作丧生。公将手巾一条，盖一面砂锣，上横一口剑。直到龛前，放下云："还有人道得么？若道得，某甲即作丧主，若道不得，某甲即不作丧主。"其时，一众无对。公踢翻砂锣，哭云："苍天，苍天！先师还矣。"

这段文字记载在《联灯会要》卷二十里，这本书在佛界史书上算是很重要的，因此，应该是值得相信的。至于文中所提到的某公到底是谁，记载中没有详细说明，也就不得而知，但可以肯定的是，某公所哭叹的肯定是义中禅师后继无人这件事，这是非常有意思的一段文字记载，相信也是很有参考价值的。

其实，三平寺并非从来就没有和尚住持。据载，宋时全国所有寺院都得到了皇帝特别的礼遇，地位也随之提高，凡属"十方住持院"者，皇帝都允许聘请高僧担任住持，三平寺也名列其中，可见，三平寺当时的影响力已不小。崇宁元年（1102 年），高僧云岳奉命住持三平寺，可是，当他来到三平寺时，发现"观古遗言，碑文缺坏"。于是，"命工镂板，以永其传。"现在流传的《王讽碑》第一次重修，就是从那个时候开始的。可见，至此三平寺已遭遇了不少劫难。

正因为如此，同样在宋朝年间，尚书颜师鲁和颜颐仲祖孙二人，龙溪人（今漳州），一向以热爱家乡受人称道，先后也为三平寺修过院，"宋吏部尚书颜讳师鲁裔孙等捐银"，后又得官方"拨用库银"相助，重修时又"为复田租"，从而让三平寺重兴起来，此记载见于《重兴三平寺碑》（1758 年），即乾隆二十三年。

到了元朝大德年间，有个诗僧，号如璧，奉命住持三平寺。当他来的时候，见到的三平寺是这样的："院宇倾颓，碑文烂坏。"他有些不敢相信，也有些无奈，尤其是当他"闻古遗言，足知此山乃七百余年之道场"时，非常感慨，不过，他想："广济大师初创之时，用力非常，虑恐后者莫能知之，即欲镂刻碑以晓后来。"但是，"奈此间深山穷谷，罕有勒石者，因循而过。"还好，次年，有温陵之兄弟，"历寻古迹，来访斯山。交谈之际，因言及此，乃就之曰'善哉，善哉，当效其劳。'遂令工解碑，既而成之。"此碑终于大德三年乙亥（1299 年）修成。

明清时候，三平寺虽也有经过多次重修，规模也每有扩大，据康熙二十八年（1686 年）记载："鸠工未半载，而佛殿、祖堂、山门相继大新。"又据乾隆二十三年（1758 年）记载："成塔殿、山门及东西四十余舍，可谓砥柱，佛门僧家之不多得也。"但是，据《漳州府志》记载，朱熹到漳州任知府时，因"荒废寺院田产颇多，目今并无僧行住持，田被侵占失陷……"可见，当时三平寺已无僧人住持，并早已荒废，这是事实。从此，三平寺就成了没有和尚的寺院，至于后来出现在寺院里的和尚，其实是另有历史原因的，不能完全等同起来。

那么，三平寺祖师公的香火到底是怎么传下来的呢？

首先，据有关资料记载，在明清的时候，闽南人出现了移居海外和出海经商的热潮，据《天下郡国利病书》卷九十六里记载：当时"泉漳商民，贩东西二洋，代农贾之利，比比皆然"。据张燮《东西洋考》卷七记载："仅吕宋一地就有数万人。"又据《平和县志》卷十《风土》里记载："和邑山多地少，土瘠民贫，逐十一之利，轻去其乡。"正是在这种情况下，三平祖师公的香火也就自然而然地随着这些人传到了海外。然而，自从改革开放以后，这些当年漂洋过海的人们纷纷掀起回乡寻根的热望，也正是因为如此，传统文化开始从海外找到了一条回归之路，三平祖师公的香火也就是这样被重新点燃，并且越烧越旺。

据了解，目前台湾信仰祖师公的人数达60多万，可见影响力也不小。据载，三平祖师公的香火过台湾大约经历三个阶段：一是在明朝天启年间，当时的海澄人（今龙海）颜思齐结交郑芝龙（郑成功之父）等28人到台湾去落地生根。消息传回大陆"漳、泉无业之民亦先后至，凡三千余人"。他们"辟土田，建部落，以镇抚吐蕃，而蕃亦无猜也"。此后更多的人渡海而去；二是郑成功收复台湾后，又有不下20万人来到台湾，许多人都成了台湾的开山祖师爷；三是清时，由于清政府实行"海禁"政策，闽南人移居台湾再次掀起了更大的浪潮，而且持续不断发生。由此可见，台湾在信仰方面和大陆本无差别。

其次，本土对三平祖师公的香火更没有因为种种历史和政治上的原因而减弱；相反，在多灾多难的历史进程中，对三平祖师公文化的信仰便成了民间必不可少的精神支柱。其实，这也是文化继承方面的另一种必然选择，将其理解为终极关怀，也未尝不可。到了近现代，尤其是改革开放后，这种现象越来越成为某种历史的必然，说成某种宿命也成。当然，这或许应该用另一种方式来解读，既要用先进的和科学的世界观来解读。所谓先进的和科学的世界观，其实就是与时俱进的"和谐"理念，事实上也是如此。三平祖师文化的核心理念和基础就是"广济、发展、和谐"。可见，即使是用最现代的观点来解读，弘扬三平祖师公文化本身就是一种务实的态度和科学的发展观以及思维方式，值得肯定并大力提倡。

当然，民众信仰三平祖师公的原因还有很多，香火传承的方式也还有很多种。譬如，不少人信仰三平祖师公的香火，是因为其药签的灵验，民间有不少疑难杂症在大医院里治不好，可到三平寺来抽支药签后，照签抓药，马上药到病除的例子比比皆是。关于这一方面，不少医学专家也做过详细的验证，最后也都不得不佩服祖师公药签的灵验，尤其是其中的药理，看似简单却不乏深刻道理。义中大师在三平寺的时间长达26年，在这段漫长的日子里，他根据闽南山区气候潮湿，瘟疫流行，尤以消化系统及关节风温的高发病率的具体情况，总结了行之有效的75种中草药处方，后人将其编为75首药签，供人抽取。这些药签经过许多医学专家的分析和研究后，得到了一致的认可。第一，从药性分类看，75首药签共应用了49种中草药，可归为补脾益气、健脾理气、祛风化湿、清热利湿、补血养阴等五大类；第二，从用药上看，药签具有以下三个特点：一是明规律，合医理。就药理而论，49种中草药中，有18种是补脾益气的，有13种是祛风化湿的。二是诚则灵，行必果。宗教由于能够调适人们的精神活动，在一定程度上可以辅佐药物的治疗作用。药理与心理协同发挥，可以产生意想不到的疗效。三是药轻盈，适旧疾。从药签的配方上看，其处方最多者仅有9味药，其药量最重不过3钱，多在 1~2 钱之内。完全符合"药既适症，贵在轻简，不宜重药强攻"的中医用药之道。这一论证，得到许多专家认可，可见，义中禅师，即三平祖师公，不愧是一个药僧，能通晓医理和命理以及人生哲学，后世人对他信仰也就不无道理了。当然，三平祖师公对闽南乃至佛学方面的贡献远不止于此，有待于人们进一步去发现、挖掘、保护和思考，同时有待于弘扬其进步和积极的思想。

除以上所说之外，三平寺还有如下"三宝"，足以遗传——

一是宋朝保留樟木雕成祖师公金身。金身采用樟木雕成，距今已有 800 多年历史。这尊佛像最主要特色四肢关节都能活动，非常灵活，我们也称他为活佛。据史料记载，20 世纪三四十年代漳州曾发生一场鼠疫，因当时缺医少药，死伤无数。当地老百姓就请这尊祖师公出巡到漳州镇坐 3 天 3 夜，鼠疫竟奇迹般地消失了。可见，传说的力量有时候就是信仰的重要来源，祖师公的香火也应该如是。

二是镇寺之宝祖师公真身舍利镇坐在古井里。塔殿基座比祖殿高 2 米，整个建筑是仿宫廷建筑。这殿的特色是大殿正中央有一口古井，井里有一口缸，祖师公圆寂的时候他的肉身就镇坐在缸里面。祖师公的真身镇坐，是镇寺之宝。人们常说三平祖师公灵验有两个原因，其一是祖师公肉身镇坐，法力无边。其二是三平的风水地理好，人杰地灵。事实上，在现实中信仰的东西确是很难讲清楚的。

三是三平寺仅存的唐代文物石公，祖师公半身浮雕像。塔殿后面是祖师公衣冠冢。这尊浮雕半身像，俗称石公，相传是祖师公真容。刻工淳朴古拙，有龙门石窟风格，是辟邪镇寺之物，起着"石敢当"的作用。由此也可见，心灵感应本身自古以来就应该被视为信仰的基础和理论根据之一。当然，有待进一步论证。

此外，三平寺还有"三奇"，如下——

一是三殿半、沿蛇形山脉倚山而建。三平寺整个建筑是沿蛇形山脉倚山而建，这种沿蛇形建筑的建筑方式，在佛教史上是非常少。内山门兼做天王殿，其深度只有其他寺庙天王殿的一半，俗称"半进"。相传祖师公初次来到三平曾参禅在"毛人"洞口。当地居住着畲族和蛮族土人。因为他们全身长着毛，被称为"毛人"和山鬼。这群毛人看到有僧人来到，就非常反感，想将祖师公撵走，祖师公曾三次被抛入百丈瀑布（距离这里有三公里的龙瑞瀑布）。祖师公都安然无恙起来，这群山鬼被祖师公的道行所折服，愿意为祖师公建寺庙，请求大师闭目7天7夜。当祖师公闭目5天5夜时，听到这些"毛人""山鬼"艰苦劳作的声音于心不忍，就将眼睛睁开，顿时佛光四射，把这些山鬼吓跑。当时祖师公看到寺庙大体已建成，唯山门未就，天王殿只造了一半。所以寺庙从唐朝以来一直延续这种三殿半建筑模式。

二是寺中没有和尚。这也成为天下寺庙一大传奇之一，而这其中有个悲壮的故事，20世纪30年代红军游击队在三平寺周围活动，寺中和尚将香火钱大部分资助红军革命活动。有一次，游击队员在三平寺被包围，托祖师公的福，游击队员化装成和尚使国民党官兵无法辨认逃脱敌人的围剿。但是，也给庙中和尚带来一场灾难。寺中的和尚全被杀害，从此三平寺就再也没有和尚了。

三是神蛇不会咬人，与人和睦相处。三平的神蛇（侍者公）经常会缠绕在柱子上。侍者公很有灵性，有时爬到床上与人共眠；有时大人出门耕作小孩放在椅轿里无人照管，它就在四周游来游去保护小孩安全。到三平寺的香客遇上这灵蛇是吉祥的征兆。这种心理上的慰藉和印证，千余年来早已进入人的灵魂深处。

说到了以上这"三宝"和"三奇"，最宝最奇莫过于祖师公的肉身成镇寺之宝和长期以来三平寺没有一个和尚，而香火却越烧越旺为一大传奇。关于肉身成镇寺之宝一说，因那口井没有被彻底挖过，所以不好言说，且说没有一个和尚这件事。按理说义中禅师作为南禅正宗第四世弟子，又是衣钵传人，应该有自己的法嗣弟子才对，但他没有，实在令人费解。

赤子佛心

"进呀、进呀、进呀!"

"发呀、发呀、发呀!"

"进呀、进呀、进呀!"

"发呀、发呀、发呀!"

"进呀、进呀、进呀!"

"发呀、发呀、发呀!"

……

这是多年前发生在三平寺山门口的一幕场景。

那天晚上,正好是农历十六。俗话说得好:十五的月亮十六圆。当月亮像白玉盘一样挂在夜空上,把整个三平寺照得明晃晃时,已是凌晨1点多钟。不知从哪里开来了一辆大巴,从车上下来了三十几个人,蜂拥而至。大伙儿还没等门票买好,就争相点燃手中的香火。一撮又一撮香火的光亮在夜幕下晃动着。缕缕的香火飘向寺院的天空,分外神秘。

突然,领队发出这样的号令"进呀、进呀、进呀!……发呀、发呀、发呀",众人也跟着喊道"进呀、进呀、进呀!……发呀、发呀、发呀",场面十分壮观,也十分动人。

看到这种场景,相信每一个在场的人,很难不为之动容,口中也默默地跟着喊道："进呀、进呀、进呀！……发呀、发呀、发呀！"

三平寺向来是夜不闭门，24小时敞开，为的是让远道而来的善男信女方便朝拜。当然，如果晚上不住在山上的人，是很难见到如此虔诚而又壮观的朝拜情景的。

这样神秘而又肃穆的夜晚荡漾出来的氛围令人遐思。那充满禅意的寺门，以及寺门口所发生的一切事情，更是有诗为赞：

> 看似有门
> 实际无门
> 时时刻刻都向外敞开
>
> 有求必应
> 端坐于门口
> 其实佛门无门处处门
>
> 无门也有门
> 有门也无门
> 全看你是否见心见性

王讽碑

　　时光迅速回到公元 872 年，即咸通十三年十一月初六那天，一代高僧义中禅师圆寂了，漳州刺史王讽内心最是万分悲戚。多年来，两人交往甚深，论易谈禅甚得机缘。义中禅师于易学和佛学方面的精深理解和修养，让刺史王讽深感佩服，尤其是大师一生始终以出世的情怀去入世，又以入世的情怀去出世，更令他由衷地感到敬佩。可是如今，禅师已然功德圆满，身登极乐，从此再也难得一见，以便当面讨教，一想到这，刺史王讽就倍感寂寞和孤独，人生能得遇如此得道高僧，也真是缘分。其实，义中禅师要圆寂的消息，早在半月之前刺史王讽便已知晓。有一天晚上，禅师就对刺史王讽说，自己将在半月之后圆寂，身登极乐，当时，刺史王讽就非常震惊，差点匍匐在地，却见禅师笑对自己，神情十分坦然而又安详，不禁犯疑，心想这可能吗？禅师又如何预知自己将要在半月之后圆寂身登极乐呢？莫非禅师已然超然入化看到了将来？果真如此，禅师的法力和境界也确实圆满了，达到通神的境界。没想到半月之后禅师果然准时圆寂身登极乐而去，刺史王讽禁不住再次感慨万千，也被禅师的归去所感化。

　　那晚，夜深人静，刺史王讽却难以入眠。于是，他披衣而起，在月光下漫步。轻如蝉翅的月光荡漾在刺史王讽的心头，情思和怀念随着银蝉翱翔于空中，但此情此景，令他感到更加孤寂和落寞。天空中那悠悠的浮云，仿佛也有千言万语，欲诉却无语，只空余惆怅与伤感。走着走着，往事也如月光一般，倾泻在眼前。刺史王讽回到书房，情不自禁地磨起墨来，然后提起笔，决定要为一代高僧义中禅师写篇碑记，以便留给后人一些记载，同时以表深情和怀念，也算还愿。

大约三更时分，一篇精辟绝伦的碑文已然呈现在眼前，墨汁未干，全文如下：

得菩提一乘，嗣达摩正统，志其修证，俾人知方。则有大师，法名义中，俗姓杨氏，为高陵人，因父仕闽，生于福唐县。年十四，宋州律师玄用剃发，二十七具戒。先修三摩钵提，后修奢摩他禅那。大师幻悟法印，不泪幻机，日损薰结，元超冥观。先依百岩怀晖大师，历奉西堂、百丈、石巩、后依大颠大师。宝历初到漳州，州有三平山，因芟薙住持，敞为招提。学人不远荒服，请法者常有三百余人，示以俗谛，勉其如幻解脱；示以真空，显非秘密度门。虚往实归，皆悦义味。知性无量，于无量中以习气所拘，推为性分；知智无异，于无异中以随生所系，推为业智。以此演教，证可知也。

大师一日疾背疽，闭户七日不通问。洎出，疽已溃矣。无何，门人以母丧闻，又闭户七日不食饮。武宗皇帝简并佛刹，冠带僧徒，大师止于三平深岩。至宣宗皇帝稍复佛法，有巡礼僧常肇、惟建等二十人，刺史故太子郑少师薰，俾藏其事。旬岁内，寺宇一新，因旧额标曰"开元"。于戏！知物不终完，成之以禅教；知像不尽法，约之以表微。晦其用而不知其方，本乎迹而不知其常。咸通十三年十一月六日，宴坐示灭，享年九十二，僧腊六十五。

讽自吏部侍郎以旁累谪守漳浦，至止二日，访之，但和容瞪目，久而无言。征其意，备得行止事实，相见无间然也。问曰："《周易》经历三圣，皆合天旨神道。注之者以至虚而善应，则以道为称；以不思而玄览，则以神为名，达理者也。经云：'隐而显，不言而喻，不疾而速，不行而至。'后之通儒，有何疑也？"异日，又访之，适有刑狱，因语及。师曰："孝之至也，无所不善，有其迹，乃匹夫之令节；法之至善，莫得而私，一其政，则国之彝典。"其于适道适权又如此，言讫，颔之，不复更言。今亡矣夫！强拟诸形容，因为铭曰：

观迹知证，语默明焉。
观迹知教，权实形焉。
体用如一，曷以言宣。
太素浩然，吾师亦然。
观其定容，见其正性。
不阅外尘，朗然内净。
智圆则神，理通则圣。
师能得之，随顺无竞。
吾之行止，师何以知？
得性之分，识时之机。
达心大师，邈不可追。

当晚，刺史王讽写完此文时，已是子夜三更时分，但他丝毫不感到困顿，反而睡意全消，精神状态极佳，仿佛郁闷之气马上畅通一样，于是掷笔而去，自己一个人走出家门，在如诗般的月光下散步，时而豪兴备致，时而又如痴癫狂，显然还没有从内心的孤寂和对义中禅师的怀念中解脱出来。回到屋里，禁不住拿出酒来，又走出庭院，坐在天井之中，开怀畅饮，月光如酒，圆月便是知音和导师。那天晚上，又恰好是农历十六，月光如真似幻，如痴如醉，如诗如画，缠绵悱恻。

不久之后，刺史王讽奉命调回京师并受重用，但他还是时刻不忘与义中禅师在一起并聆听他教诲的日子，禅师的音容笑貌宛若在眼前，大爱慈悲的情怀更时刻感化着他。咸通十四年正月某日"刺史王讽又提笔写下一篇行录文"即《三平山广济大师行录》，开头便是：唐中散大夫太子宾客上柱国赐紫金鱼袋王讽撰，全文不妨照抄，如下：

夫儒、道、释分为三教，乃戒、定、惠总摄一心。何以知然？夫子赞有道而贬不仁，归乎戒；老君尊中虚而鄙贪欲，契于定；吾佛般若而悯愚痴，靡通其惠，复以禅和方便，敷大愿力，布慈云于广漠，洒甘露于长空。若无则儒道扶将，释尊中立，如其大器，左右皆源，是以圆应顿机，单传瑶印。西竺始自迦叶，东震至于南能。思，让分灯。一迁列派，至第四世有大开士，法讳义讳，本居高陵，俗姓杨氏。因父仕闽，于甲子岁而生福唐，白光满室。虽居褓襁，不喜荤辛。丁丑岁，随父仕官于宋州。年十四，投于律师玄用出家，二十七岁削发受具。多穷经史，长于《周易》，先修奢摩他、三摩钵提，后修禅那。因览《禅门语要》云："不许夜行，授明须到。"师乃喜曰："系辞不云乎，'惟神也，不疾而速，不行而至'？"似有感动，未能决疑，缘是肩锡云游。先造百岩怀晖禅师，次依西堂智藏，后谒百丈怀海，巾侍十年。乃往抚州，石巩才见便开弓云："看箭！"师乃当前擘胸。巩收箭云："三十年来，张一枝弓，挂三只箭，而今只射得半个圣人。"师进云："作么生是全圣？"巩弹弓弦三下。师乃巾侍八载。末后南游灵山。礼见大颠，云："卸却甲胄来。"师退步而立，由于妙造空中，深了无碍。复引韩愈侍郎，通入信门。自此放旷林泉，优游适性。宝历初，遂辞大颠，游于漳水，至于开元寺之后，卓庵建三平真院。会昌五年，乙丑之岁，预知武宗皇帝沙汰冠带僧尼，大师飞访入三平山中。先止九层岩山鬼穴前，卓锡而住，化为樟木，号锡杖树。次夜众崇异师抛向前面深潭，方乃还来，见师宴坐俨然无损。一夕寝次，复被众崇异向龙瑞百丈潭中，以笼聚石沉之。其水极峻，观者目眩。及乎回，见大师如故。于是遽相惊讶，仰师之道，钦服前言，乞为造院，愿师慈悲，闭目七日，庵院必成。师乃许之。未逾五日，时闻众崇凿石牵枋，劳苦声甚，师不忍闻，开眼观之，院宇渐成，惟三门未就。怪徒奔走，其不健者化成蛇虺。有大魅身毛楂楂，化而未及，师戏拎住，随侍指使，曰："毛侍者"。然后垦创田地，渐引禅流，南北奔驰，不惮峨险。至大中三年，宣宗皇帝重兴佛法，本州刺史郑公，久钦师德，特迎出山，请入开元，为国开堂。奏赐广济禅师。大中十年，建观音殿。咸通元年，架祖师院。至咸通七年，春秋渐迈，于寺西山下建草堂，时复宴息。咸通十三年十一月初六日，集门人曰："吾生如泡，泡还如水。三十二相皆为假伪。汝等有不假伪底法身，量等太虚，无生、灭、去、来之相。未曾示汝，临行未免老婆。"闭目长嘘而化。寿九十二，僧腊六十五。门人移真身于草堂，建于石塔，置田安众，号"三平塔"。今三平山院者，面离背坎，左生锡杖树，右澍虎爬泉，东连大柏山，南接百丈漈，西有九层岩，北耸仙人亭，台水口峰若龟浮，径头岭如虹，广济沼，韩文祠堂，鬼斧神工，灵蛇锦色，其余胜概，笔舌难周。岁咸通十四年正月上元书。

刺史王讽这两篇文章被后人广为传颂，从而成为今天追溯义中禅师和三平寺香火最主要和最有价值的依据，历史往往就是如此，冥冥中仿佛自有天意的安排。

尚书梦蛇

宋朝有个大臣名叫颜颐仲，位及尚书，厦门海沧人氏，秉性善良，勤政爱民，心系乡梓。其仕朝任满后，告老还乡。

就在颜尚书告老还乡之前，发生了一件怪事，一连好几天晚上，他都梦见一条小蛇，这条小蛇渐化渐大，满身披着银色龙鳞，八卦形头上有红点，金光闪闪。颜尚书从梦中醒来，感到非常奇怪和不解，但过后也没有太把这件事情放在心上。

颜尚书告老还乡后，有一天，闲来无事，雅情备至，准备磨墨挥笔作画。正当他将水倒入砚中之时，忽见梦中的那条小蛇蜿蜒在墨水中，片刻间，只见满室云气缭绕，尚书十分惊讶，但并没有立即惊动它，而是去厅堂请母亲前来观看，并问："阿母，您到我书房看看，可曾识得这种灵蛇？"

阿母年迈，脚步迟缓，颜尚书挽扶着她进入书房。阿母往墨水中一看，脸露慈祥，虽沉默不语，但似已知灵蛇的来历与来意。

阿母转身来到三平祖师神龛前烧香，叫颜尚书也烧香拜祖师，颜尚书一一照做了。

颜尚书见阿母如此慎重，心里觉得十分奇怪，但也不急着去问。

等香烧好后，阿母才对颜尚书说：

"砚台墨水中的那条灵蛇，是三平祖师公座下的侍者公。"

颜尚书这才恍然大悟，但仍是十分不解，问：

"侍者公怎么会出现在我砚台的墨水中？"

于是，颜尚书将告老还乡之前连续好几天晚上梦蛇的事告诉阿母，他料定其中必有缘故，又问：

"阿母，以前有许什么愿还未还的吗？"经这一提醒，阿母稍作回忆，想起一件事情来，说：

"你小的时候我曾经到过三平寺，向祖师公许过愿：我儿若来日成大器，定出资修建三平寺。"颜尚书心中一紧，暗想："莫非三平寺有难，需要帮助？"

颜尚书对祖师公的信仰源于他的祖辈。他的爷爷颜师鲁官至礼部和吏部侍郎，赠宣奉大夫。颜师鲁为政清廉，恤民宽属，一生因"廉""贤"而声名远播，有口皆碑。颜尚书听奶奶说过，爷爷年少时也曾到三平寺许过愿："若来日成大器，定出资修建三平寺。"果然，爷爷在任时在漳州多有营建，尤其对三平寺，更是十分关注，曾捐银重修寺院，寺中现存乾隆二十三年《重兴三平寺碑》有载"宋尚书颜公讳师鲁……重修、制匾制联"就是最好的明证。

颜尚书想到这，立刻赶到三平寺去察看实情，果然三平寺因多年失修已破烂不堪。颜尚书感怀，当即捐出自己所有积蓄的俸银，并表示要向朝廷上奏，请求拨银修建。颜尚书说到做到，回到家里后，立刻给朝廷写了一份奏书。

颜尚书在奏书中说："吾皇英明，三平寺乃佛门圣地，地处化外，寺中高僧为义中禅师，因弘扬佛法有道，又长期教化山民有功，于宣宗年间，被宣宗皇帝敕封为'广济大师'。如今因年久失修，祖殿已经倒塌，故恳请朝廷体察实情，拨银修建。"朝廷念在义中禅师乃有德高僧，故答应拨出库银补助维修，三平寺香火因此得以传承，颜尚书一番心愿也算是得以了却。

海澄公求签

有一天，黄梧只带了一个随从，来到三平寺，随从将供品放在供桌上，黄梧亲自点燃一大把香火，首先向外面的天空拜了三拜，接着转身拜祖师公。

塔殿内除了供奉祖师公法相外，两旁还立有蛇、虎二侍者，同时还有石巩慧藏禅师、潘荣尚书、颜颐仲尚书的神像，黄梧把香火分别插在各个香炉里。

黄梧重新回到祖师公法相前，口中念念有词，然后静默了一会儿，拿起签筒开始摇签。

"吧嗒——"一声，从签筒里跳出一支灵签。黄梧拾起一看，是第二十五首，于是，把灵签放在案前，然后拿起圣杯，双手捧着它，十分虔诚的样子，心中念念有词，欲请祖师公灵示，是否就是此签。接着，黄梧左手拿着圣杯在香炉上转了三圈，烟雾弥漫，黄梧将圣杯往地上一掷，圣杯在地面上跳了几跳，停了下来，只见一阴一阳，表示就是这支灵签，于是，黄梧拿着灵签去请解签师父解答。

解签师傅接过黄梧递来的灵签，一看是第二十五首，眉头一紧，又看了一眼黄梧，也没说什么，随手拿出桌面上的一大沓签诗，并从中抽出一张，递给黄梧，那是一张小四方形黄色签诗，黄梧接过一看，只见上面写道：

第二十五首

> 诗偈：神通妙用广无穷 应化多门入教中
> 但能守静应时吉 才到动处便生凶

这个时候，解签师父对黄梧说：

"此签乃大凶之签，尤其不利于行军打仗，不知您所求何事？"

黄梧一听，心中一震，问道：

"请师父说详细一些。"

"此签说的是薛刚反唐的故事，你也知道，薛刚是初唐名将，为人豪爽，爱打抱不平。有一次，不小心一脚踢死太子，武则天一声令下，满门抄斩，因此，这支签为大凶，要隐忍，才能趋吉。故事中，樊梨花和薛强逃走，乃是凶中有吉之象，所以，走为上策。"黄梧一听，也不再多问，临走前又朝祖师公拜了拜。

不久之后，揭阳战役果然失败，郑成功认为皆因苏茂轻敌所致，黄梧、杜辉未及时应援，也当问斩。众将一听，纷纷跪下，替黄梧等人求情。郑成功这才斩了苏茂，而饶了黄梧和杜辉，但死罪可免，活罪难饶，杜辉最后被捆打 60 军棍，黄梧被寄责，戴罪立功，以示惩戒。

其实，如此惩罚原是郑成功的本意。他早有杀苏茂之心，只为稳定军心才迟迟没有下手。

顺治八年（1651 年），施琅叛变，被郑成功囚禁起来，后被郑成功十几位部将冒险救出，郑成功下令追捕，并下令凡有藏匿施琅者将杀其全家。眼看施琅走投无路，苏茂不仅将其藏匿于家中，还助其逃离厦门。此事后来被郑成功获悉，他强压住内心的怒火，没有对其进行军法从事，不仅如此，还让苏茂继续担任左先锋镇。郑成功之所以这么做，实在也并非出自本意，而是为了稳定军心，同时也是因为连郑成功的叔叔郑鸿逵、郑芝豹等人也参与了营救施琅的行动。郑成功若以放走施琅为由怒斩苏茂，势必引起参与营救施琅的十几位将领人人自危，甚至有可能铤而走险，举兵相抗，甚至投降清朝。因此，为避免因小失大，郑成功不得不强压怒火，但此事郑成功始终耿耿于怀，并怀恨于心，想杀之而后快，只是在等待机会而已。而此番揭阳战败，正好给了郑成功杀苏茂的理由。但让郑成功始料未及的是，军中将士仍表示出强烈不满，认为郑成功小罪大罚，私怨大于战功，因此埋下祸根。

郑成功处死苏茂后，为了安抚黄梧等军中将士，包括苏茂的族弟苏明，派黄梧和苏茂的族弟苏明去镇守海澄县。郑成功因此犯下治军的又一大忌，就是在还没有完全消除黄梧等军中将士心中的不满之时，又将黄梧等怀有二心之人委以重任，在委以重任之时又将其支走，这样做毫无疑问等于养虎为患，或放虎归山。如果当时郑成功将黄梧等人继续留在身边，或许，黄梧等人纵使怀有二心，也不敢轻举妄动。更糟糕的是，郑成功将黄梧与苏茂的族弟苏明一起派去镇守军事要地和经济港口海澄县，这无异于放虎归山，还让老虎与毒蛇结为伙伴来对付自己。

果不其然，黄梧因想不通揭阳之役受责之事，又目睹郑成功反面无情，心怀怨恨，而副将苏明此时正为兄长苏茂被枉杀而怒气难平，见黄梧也想不通，便唆使他一同降清。一句话点醒梦中人，本来就对郑成功怀有二心的黄梧，岂不欣然应从？何况，根据当时的时局变化，黄梧认定朝代更替已不可逆转，因此，顺治十三年（1656年）六月二十四晚上，黄梧、苏明就带领部下将官80余员，兵丁1700余名归降大清，事实上等于拱手将海澄献与清廷。听到黄梧归降大清，顺治皇帝大为高兴，立即就封黄梧为海澄公作为奖赏。

当郑成功得知黄梧降清后，气血攻心，从将军座椅上愤然而起，随即又颓然而坐，之后，十分痛心地叹息道："吾意海澄城为关中河内，故诸凡尽积之。岂料黄梧如此悖负？后将如何用人？"可是，郑成功悔之晚矣。

黄梧被封为海澄公后，有史学家评价其最少使漳州免去了30年战乱之苦，是否果真如此，实在也是难以言说，让历史回归历史，可能是最公平也是最客观的一种评价。但有件事情值得一提，黄梧率众降清后，因功获赐爵海澄公，准予世袭12代，并赐予"勋高九锡"金匾，黄梧认为是祖师公在暗中保佑。因此，在此后一段时间里，黄梧发动捐资捐物，重修三平寺，历史上黄梧"倾银贷集厥成，由是四方学者，云集景从"，就是最有力的历史记载。

不仅如此，黄梧的曾孙黄仕简（袭海澄公爵位，官至福建水师提督统辖台澎水陆官兵事务）也在乾隆年间，捐俸重修三平寺。当时由于黄仕简的关系，军事部门的武官出力不少。可见，黄梧在历史上的名声虽因率部众降清而获得海澄公爵位留下许多争议，但其对家乡对三平祖师公的感情和信仰却是毋庸置疑的。

避暑三平寺

蔡新（1707—1799年），字次明，号葛山，福建漳浦人。乾隆进士，选庶吉士，授编修，累迁刑、工部侍郎。三十二年（1767年），擢工部尚书，移礼部。四十五年，以吏部尚书协办大学士。四十八年，拜文华殿大学士，兼吏部尚书，位列"三公"太师之职，相当于宰相（清时没有设立宰相一职，文华殿大学士，相当于宰相）。他处事谨严，言行必忠于礼法。又善属古文，深得乾隆信任。他以求仁为宗，以不动心为要，曾辑先儒操心、养心、存心、求放心诸语，成《事心录》。卒谥文端，著有《缉斋诗文集》。

提起蔡太师，有一点值得一提，即蔡太师的外婆家在平和（现坂仔镇五星村贵阳楼），故蔡太师也应算是半个平和人。蔡太师小时候经常到外婆家玩，外婆对祖师公素怀信仰，蔡太师从小受到影响，对三平祖师公也是充满信仰，三平寺附近的山水，更是常常令他陶醉得不亦乐乎。告老返乡后，每当盛暑时节，蔡太师便要从漳浦来三平山，一是为了避暑，二是为了感受祖师的神秘。

三平寺附近原有八大胜景，龟蛇峰、虎爬泉、和尚潭、毛氏洞、虎林、龙瑞瀑布、仙人亭和侍郎亭，可惜后两个原始景点今已被废，只剩下六景。后来，仙人亭和侍郎亭虽有重建，但已不

·37·

是原来的那个亭了，且不在原来地方，甚是可惜。

据说，蔡太师于八景之中，独钟情于虎爬泉。那个时候，虎爬泉这个地方设有饮茶室和观鱼台。泉水清冽甘醇，凡有香客到此，无不畅饮，尤其是夏天，只要一杯清冽甘醇的泉水落肚，就会顿觉清爽，暑气全消。蔡太师因此常常在这里"食武夷（乌龙茶），看金鱼"，优哉游哉，享受晚年快意人生。

的确如此，三平寺附近，山川绮丽多姿，风景如诗似画。而且义中禅师保存下来的是佛教南禅一脉，本身就是佛教南禅圣地，怎能不令蔡太师钟情呢？

史载清乾隆四十九年，蔡太师向朝廷奏请重修三平寺，自己也领头捐资，三平寺祖师公的香火因此更加旺盛。如今三平寺的大雄宝殿对峙的两廊，右廊壁上就镶嵌着蔡太师当年撰写的《重修三平寺碑记》。三平寺曾存有蔡太师手书真迹木刻联一对，起句是"五峰秀透骨"，只可惜今已佚失。不过，尽管只剩下这五个字的半联，但已足可看出蔡太师对周围山水的理解，包括对人生的超然感悟，令人油生敬佩。

说到蔡太师对山水和佛学的沉浸，其实还要再举几个例子为证——

蔡新幼年失怙，家境贫寒，却满腹经纶，风流倜傥又不失淳朴厚道。年幼时，塾师出对"贫居闹市无人问"，蔡新对曰"富在深山有远亲"；老师又吟"贫似虎六亲俱绝"，他遂对"富与贵九族皆亲"。可见，蔡太师从小就才思敏捷。

有一年，在"天增岁月人增寿，春满乾坤福满门"的欢乐气氛中，漳浦知县郑大人微服出巡体察民情，行至一陋巷，见一副对联赫然入目——"鼠因粮尽搬家去，犬知主贫放胆眠"。知县叩开柴扉，见一年轻寒士，衣衫褴褛，却质含俊美；观其书法龙飞凤舞，遒劲潇洒，其文字字珠玑；听其言对答如流，可谓锦心绣口！郑知县惜才，赠送二十两白银及粮食给蔡新家过年，嘱其勤学。次年，蔡新果中秀才。

乾隆五年（1740 年），蔡新在朝廷已是举足轻重的人物，当时的噶喇吧（今属印度尼西亚）发生荷兰殖民者屠杀华侨的惨案，史称"红溪惨案"。翌年，福建巡抚奏闻于朝，并请"禁止南洋商贩"以困之，朝臣意见不一。内阁学士方苞知道蔡新生长于闽南，且有经济策略，就写信征求蔡新的意见。蔡新在回信中认为，禁止通商有弊无利，只能引起沿海民众财物损失和闽粤两省财源困乏。因而主张"静加查察"，若噶喇吧继续迫害中国商人，那也只禁止与噶喇吧通贩，其余南洋诸国"听从民便"。方苞接受蔡新的意见，并向朝廷建议，遂得以实施。

清乾隆年间，有一次，蔡太师告假回漳浦，坐了顶破旧轿子，路经溪南社边，几个在路旁荔枝树上玩耍的小孩很野蛮，蔡新的轿子经过时，把尿撒在轿顶。蔡新发觉后，非但不责备小孩，反而和气地劝小孩下来，还取出两个钱，让他们买糖果吃，孩童雀跃而去。事情传开，村里的小孩居然竞相模仿撒尿、丢石头，蔡新和轿夫都曾被打伤。蔡太师家人及族人嗔而拟告官查办以杀鸡儆猴。然而，蔡太师却心平气和地说："莫！莫！莫！远亲不如近邻，有万年溪南，没有万年相爷，今惩办容易，两村结怨，遗患无穷。"

又有一次，知县林溪川陪送蔡太师回下铺村时，非把自己的新轿让给蔡太师坐不可，蔡太师再三谦让，勉强坐上。早知宰相出门的溪南村顽童，一早就路边候着，准备"领钱买糖果"。傍晚时分，果然等到了宰相爷。可是，这些顽童见一新一旧两顶轿子，一时竟不知从何下手。他们凭过去的经验，料定宰相爷必坐旧轿子，于是，等新轿子过后，就对旧轿子采取了猛烈攻击，有的撒尿，有的丢石头等等，后来才发现，旧轿子里坐的人是林知

县。当林知县被掷得鼻青面肿，并被尿淋得满身臭臊味时，禁不住大为恼怒，也为经常发生此类事而震惊不已。他立刻找来了溪南村族长，要追究责任。蔡太师对他说："远亲不如近邻，溪南村下铺村乡邻相处，以和为贵！交给族长去教育即可。"

蔡太师在《家谱序》中说："家之有谱，所以辨尊卑，序昭穆，联族性，而重一本也……谱牒又废，虽至亲亦薄。"又说："家之有谱，犹国有之史以传信也。"由此可见，蔡太师有很深的宗族情结，这也反映了他纯朴和厚重的乡土情怀，这是非常值得肯定的，而他对祖师公的信仰，也值得研究。

其实，历朝以来，诸如蔡太师这样对三平祖师公充满信仰的历史名人不乏其人，譬如王讽、郑薰、蔡如松、颜师鲁、颜颐仲、林钎、陈天定、王志道、李宓、王材、黄梧、黄仕简、蔡新等就被号称为"三平寺十三贤"，后人也无不对祖师公的香火充满感情，这也正是三平寺祖师公的香火之所以千年不灭，并有越来越旺盛的趋势的根本原因。当然，这种信仰绝不是因为迷信，而是对祖师公一生的佛学修养和理念，包括影响力的充分肯定和情感流露。

的确，三平寺这块土地人杰地灵，值得重视和保护并发扬光大，尤其是三平祖师公"见心见性、惩恶扬善"的入世理念，更值得后世人禅悟。也就是说，讲佛学、讲祖师公的香火，其实并不是迷信，而是为实现每个人内心的一种和谐，也是一种人生务实的态度。而这种和谐和人生务实的态度，小而言之，是个人修身养性的问题；大而言之，事关国家和民族，乃至世界和宇宙共同的事情。

治瘟疫

清光绪二十四年（1898 年），夏天，天气异常闷热。

一条小木船行驶在漳州九龙江，往西溪方向逆流而上，船上除了船夫之外，还有三男一女，其中有一个大男人，躺在船舱里，大热天身上盖着一件花棉被，浑身还在发抖的样子，他脸色发黑，尤其是印堂和太阳穴之处，不但毫无光泽，而且看起来好像中了剧毒。站在旁边的那两男一女，尤其是那个女的，神色忧郁而且沉重，此时，正拿药要给那个病人吃，病人一连咳了几声，喷出血来，那个女的紧张得差点儿晕倒。旁边的小男孩叫了一声"爸——"，没有再说些什么，看得出也被眼前的情景吓住了，但小男孩并没有哭，强忍着。

躺在船舱里的那个人，就是那个妇女的丈夫，那个 10 岁左右的小男孩就是他们的孩子，而另外那个男的，是女人的表哥。

一年前，她的丈夫和她的表哥一起到漳州经商，生意做得还算可以。没想到，几天前，漳州地区发生鼠疫，她的丈夫不小心被感染，初时并没有发觉，等到发现后已经太晚了，医生告诉她，可以运回家去准备后事了。

医生没有告诉她丈夫到底得了什么病，只说已无药可医。这一消息，对女人来说如五雷轰顶，她百般恳求医生治疗，得到的答案都是满脸无奈。眼看病情日重，再不回家，可能就来不及了，为了让自己的男人落叶归根，只好雇船逆流西上。

当船只抵达平和码头时，已经有亲戚拉来一辆独轮车在那里等候，她和表哥一起把丈夫抬上独轮车，就这样，表哥在前拉，自己在后推。山路崎岖，坎坷不平，又折腾了近一整天，她终于把丈夫运回家中，果然，没过几天丈夫就死了。

几天后，霞寨乡乡民发现有大量老鼠自杀，不久，鼠疫终于发生并迅速流行，首先在漳州、诏安、漳浦、南靖等地纷纷扩散，平和县境内，如霞寨、山格、大溪、文峰、南胜等地，也迅速扩散传染，从而引起百姓极度恐慌。

据《平和县志》记载，从清光绪二十七年（1901 年）至民国五年（1906 年），鼠疫在全县蔓延至 441 村，疫势颇为凶猛，有 19500 人患病，17200 人死亡，死亡率高达 88.33%。光绪二十八年（1902 年），大溪乡鼠疫流行时，有两座各住有数十户人家的大院，三年内全体居民皆患此病死亡。当地流传一句"三年死二院"的民谚，甚至出现未死先葬的现象。光绪三十四年（1908 年），九峰黄田村鼠疫流行，一座二十余户居民的土楼里，一个月内 40 多人死亡。正当哀鸿遍野、人心惶惶之际，有人想到了祖师公，经这一提醒，民众仿佛如遇救星一般，自发组织起来，一路上锣鼓铿锵，鞭炮齐响，成群结队来到三平寺，准备请祖师公圣驾光临各自村庄，果然灵验。

村民恭请祖师公圣驾光临的经过是这样——

村庄里的人，采用"圣杯"的方式选出 12 名精壮汉子，领头去迎请祖师公圣驾，还有祖师公座下蛇侍者。祖师公座下有青、红面二位蛇侍者。据传，青面侍者承继祖师公的医术，善于治病，红面侍者善于念佛。于是，他们 12 人就带着一队人马，锣鼓喧天来到三平寺，恭迎祖师公和青、红面二位蛇侍者到他们的村庄去。他们 12 人轮流抬着三顶轿子，轿子上分别坐着祖师公和青、红面二位蛇侍者，沿途经过的村庄都有许多人在村口烧香、放鞭炮，祭拜祖师公。

队伍浩浩荡荡、大摇大摆地走过了一个又一个村庄，然后才回到了自己的村庄。村庄里的人早已等得心急难耐，见祖师公的圣驾降临，鞭炮声更是鼎沸，烟雾满天，空气中到处充满鞭炮的硫黄味，但村庄里的人早已顾不得这些，只知道拼命烧香、叩头、祷告、许愿等等。村中的长老们更是用隆重的仪式，集体给祖师公和两尊蛇侍者烧香、叩头，祈求祖师公和蛇侍者保佑村民幸福安康，免受鼠疫祸害。忽然，村庄里有个人烧香、叩头、祷告、许愿后，从香炉里取出一包香灰，要拿回去冲开水喝，这一举动立刻提醒了全村的人，于是，一时之间，每家每户都争着从香炉里取香灰回去冲开水喝。

事后，令人奇怪的是，这个村庄果然再没有人因鼠疫而亡。消息传开，全县轰动，各村都争着去请祖师公和蛇侍者保佑以渡过灾难。不久，平和县鼠疫果然得到平息，祖师公在人们心目中的地位和影响力更大了。

这件事情发生在当时确实是一桩奇事，也确实是不解之谜，即使是现在，也同样富有极其神秘的色彩。但现代人对神秘和信仰的理解更客观更理智了，不再像过去那样，只知道用"唯心论"去解析。譬如对于祖师公治瘟疫这件事情，现代人就有了多方面的理解。首先，"心理治疗法"起了很大的作用，当瘟疫大面积流行时，人们的心理防疫和抵抗能力是十分脆弱的，也就是处在恐慌和失序的状态之中，而当祖师公的圣驾到达时，锣鼓喧天、炮声不断、人声鼎沸，这就在无意中增强了人们的心理防疫和抵抗能力；其次，空气中弥漫着鞭炮炸出来的硫黄的味道，这正好达到良好的杀菌和防疫作用；再次，适量喝香灰水其实也能起到杀菌和防疫作用，因为香火中含有硫黄和檀香，当香火烧成灰后，不仅无毒，而且杀菌，又能理气，所以，喝香灰水其实也有一定的医理。

当然，祖师公治瘟疫这件事情当中的神秘部分或许还有待于进一步探讨，但无论如何，信仰也能产生医理作用，应该也是现代医学值得探讨的一部分，甚至是重要组成部分。何况祖师公在世时对医学方面的研究也是富有成果，这一点，可以从其留下的75首药签中得到证明，这75首药签目前已经得到许多医学专家的肯定与赞赏。

漂洋过海

"永生，船备好了吗?"

"早备好了，干粮也都上了船了。"

"我又弄了几瓶老白干，海上喝，才够劲儿。"

"该出发了吧?"

"嗯，不知强生准备好了没有?"

"来了，来了。"说话间，林强生就到了。

林祖生看到林强生手里还拿着一个小红布包。

"强生，你红布包里装的是什么东西?"

"土。"

"土?"

"是土。"

"包土干什么?"

"我爷爷说，这叫'乡井土'。"

"乡井土?"

"我爷爷说，到台湾后，如果水土不服，冲水喝下就好了。"

"真的?"

"真的。我爷爷说，以前有个兄弟到南洋，就带了这土去，果然派上了用场。那个兄弟还说，这土可以用来思念。"

说着说着，大家的心情越来越沉重。

"别再说了……出发吧——"

林祖生从家里提出一个木箱子，里面供着一尊神像，香火弥漫。

"就带着祖师公一起去，他会保佑我们一路平安的!"

就这样，三个人挥泪告别了亲人，乘着一条小木船，从东山岛出发，开始横渡海峡。他们要到对岸去开拓一片新的天地，实在也是无奈之举。

"我们会回来的——"声音消失在海浪中。

……

小木船在海浪上行驶，犹如一片落叶在流水中漂泊一样。

在他们之前，不知道有过多少人，多少条小木船就因为如此，丧生在风浪中。尽管他们出发的那天，天气晴好，风平浪静，但是，海上风云瞬息万变，小船在风浪中漂泊了两天后，天气骤然发生变化，眼看风暴即将来临。

"别紧张，来喝几口老白干就不怕了。"林祖生对其他人说。

"祖师公会保佑我们一路平安的!"林祖生一边说，一边又烧了一炷香。

大家几口酒下肚，热气上升，身子马上暖和了许多，对即将到来的风暴也不再那么害怕了，事到如今，无论发生什么事情，也只能豁出去的架势。

他们依着求生的本能，继续奋力行驶。风浪越来越大了，林祖生却不顾一切，十分虔诚地护着祖师公的香火，不让它因为风浪而熄灭，可以说，他是把全部的希望寄托在祖师公的保佑上，在这种时候，似乎也只能如此了。

然而，意外的事情终于发生了——

天空中，黑云翻滚，如浪涛般压了下来，又变幻莫测，诡秘异常，简直像是一大群凶恶的狼，正疯狂地嘶吼着，又有所畏惧的样子，仿佛轻易不敢太过近前，只在周围作势欲扑下来，可是，这已经足够令人心惊胆战了。

果然，不远处的海面上迅速出现狂风暴雨，离林祖生他们的小木船，不到一海里，那种排山倒海、浊浪翻滚的情形，让人看得魂飞魄散。

天色渐晚，眼看距离台湾岛尚有相当一段距离，林祖生等人紧张得要命，心想，此生休矣。

"强生，怕不怕？"

"怕。"

"我也怕。"

"别怕。"

"都别怕。"

"现在怕也没用，来，喝口酒就不怕了。"

"快，抓住船桨，别让风给刮走了，否则就真的完了。"

"强生，你看——"

"哈，暴风雨走了。"

"是呀，真的是祖师公在保佑我们！"

……

暴风雨走了，没有扑过来，只在一海里之外肆虐着。小木船依旧在海面上，如一片无依无靠的叶子一样飘荡着。那场暴风雨走了，他们仿佛获得了新生。

"看，我们到台湾了。"

"我们成功了！"

"我们终于成功了！"

"我们到台湾了！"

"我们终于到台湾了！"

他们兴奋得不得了，是的，他们仿佛从鬼门关里逃过一劫。

当他们安全抵达台湾岛时，首先不约而同地在海边用石头和沙土垒起一个简单的香坛，然后，恭恭敬敬地大把大把地烧着香，叩谢祖师公。

　　他们冲着台湾岛，歇斯底里地叫喊着："台湾，我们来了!"

　　接着，他们共同捧着那包"乡井土"，跪在海边，朝着大海，朝着海峡对岸，也就是自己的家乡放声号啕大哭。

　　直到此时此刻，他们才懂得什么叫"乡井土"。

　　他们在大海边足足待了好几个小时，哭了又停，停了又哭，尽情让内心的情感得到发泄，也不知过了多久，他们的情绪总算平稳下来。

　　当天，他们就在附近落脚，后来才到了南投。他们在南投找到落脚之处后，林祖生做的第一件事情就是把三平祖师的神像供奉在自己的家中，每天早晚都烧香，请求祖师公保佑平安和顺利，其他人也天天来为祖师公烧香。

　　过了一段时间，他们在南投找到了一块土地，并开始开垦种植起来，后来，他们为了答谢祖师公的保佑，也为了让更多闽南人能够得到祖师公的保佑，于乾隆十四年（1749 年）创建了台湾第一家三坪祖师公庙。

　　后来，闽南到台湾的人渐渐多起来了，祖师公的香火也越来越旺，求治病，求添丁发财，求四季平安、顺利的应有尽有，尤其是每年十一月初六这天，祖师庙所在地林杞埔（即竹山）的居民，就举行各种各样的祭祀仪式，包括请四平戏、潮剧、芗剧等戏班演出。除此之外，台南、屏东、高雄等地也纷纷建立祖师公的分庙，香火一直延烧到现在，而且，越烧越旺。

寻根之旅

20 世纪 80 年代，海峡两岸坚冰初融，春潮翻涌，失去联络多年的两岸亲人饱含热泪，失声的海潮也掀起了巨浪，重新找回自己的声音，一浪高过一浪。

有一天，台湾屏东某三平祖师庙管理委员会的委员们，聚在一起商议一件重大事情，有人提出这样的倡议：

"目前为止，我们只知道三平祖师的香火来自大陆，但不知道来自大陆哪个地方，当年先辈没有交代，如今我们只好自己去寻根。"

"大陆虽然开放了两岸民间交流，但是，大陆'文革'时期'破四旧'留下的烙印那样深，还有，两岸政治上的对峙还那么明显，我们回去寻根，会不会有麻烦?"也有人提出这样的疑虑。

这时，管委会主任杨海（化名）说了：

"3 年前，祖师公就灵示，两岸坚冰将破，届时会不断掀起寻根热潮，前天晚上，祖师公托梦于我，要我们回大陆去寻根，所以，今天请大家来商议。"

"我们的根就在大陆，这是毫无疑问的。我们现在没有根，所以人才会感到不自在，无论困难和危险有多大，我们都要回大陆去寻根，为了我们自己和子孙后代，还有未来的所有一切，我们也应该这样去做。"管委会主任杨海继续说。

"对。祖师公这么灵感，既然托梦了，我们就应该相信，并回大陆去寻根。"所有的人都同意这个观点。

1988年4月，杨海一行数人，途经香港，前往大陆沿海一带旅游观光。他们名为旅游观光，实际上是为了打听大陆的对台政策情况，看一看两岸坚冰是否真的已经打破。另外，更重要的目的是为了打听三平祖师公庙在哪个地方。他们只知道，三平祖师公庙是在福建沿海，其他一无所知。

他们每到一处，都小心翼翼，不敢随便探问有关情况，怕会被怀疑。有一次，他们到厦门某宾馆住宿，就谨慎地问服务员：

"请问服务员，你知道三平祖师公庙在哪个地方吗？"他们一边问话，一边紧张地四顾，见毫无异常，这才放心。那个时候，两岸坚冰初融，一切的一切都还在敏感当中，他们初次到大陆，紧张情绪自然可以理解。

服务员告诉他们，说：

"三平祖师公庙在哪个地方，我不知道，不过，可以帮你们问问。另外，你们可以去鼓浪屿游玩，那里风景十分优美。"后来，服务员也没有问到地址，他们也就不了了之，不敢再轻易打听，以免被怀疑。后来，他们无功而返。

其实，他们实在是太紧张了，如果他们再打听一下就知道了。那个服务员是北方人，刚来厦门工作，对三平祖师公庙当然不清楚，而那个服务员当时也没有经验，只问了另外一个服务员。而被问的那个服务员也是北方人，对三平祖师公庙也是一无所知，所以就错过了一次机会。

次年3月，杨海一行数人，又来到厦门。有了上次的经验，这次他们比较安心了，不再紧张。去年，他们回到台湾以后，经过总结，觉得并不虚此行，起码感觉到，大陆局势没有想象中那样紧张，大陆人民态度都很友善，当时的紧张完全是自己制造出来的。有人就告诉他们，到大陆去旅游观光，一定要通过旅行社，要到哪里去，只要向旅行社说明即可。他们这才恍然大悟，知道由于过分紧张而走了一条弯路。

他们第二次来厦门之前，先到台湾的祖师公庙里求了一支签，祖师公告诉他们，此行必定会顺利并如愿，果然如此。他们到厦门后，就直接去找旅行社，旅行社马上就安排他们到三平寺一游。他们兴奋之情溢于言表，几乎不能自持。

他们来到三平寺后，经确认，三平寺即是台湾屏东某三平祖师庙的"元祖庙"。他们怀着无比兴奋的心情把大好消息捎回台湾。

1990年3月，他们正式组团，浩浩荡荡地来到三平寺进香祭祖。当时场面之热闹与气氛之和谐，犹如久别重逢回娘家省亲一样，那种激动的心情简直难以言喻。

说也奇怪，进香团一行人刚踏进庙门，主香炉立刻"轰"的一声，自动着火，燃烧起来，火焰满天，约有一丈多高。大家惊讶无比。

"这香炉只有遇上特别喜庆的事才会燃烧。"三平寺管委会的人如是说。进香团一行人听了，非常激动。其实对这一点，他们自己也深有同感，台湾有众多的寺庙，香火也都非常旺盛，但每一个寺庙的主香炉也是不会随便自动燃烧的，确实只有遇上特别喜庆的事才会，因此，他们特别感动，有种回家的感觉，内心的温暖胜过一切。

他们万万没有想到，元祖祖师公会如此灵感，如此礼遇他们，进香团一行人，再也控制不住自己内心的情感了，他们不约而同，喜极而泣，并一边哭一边笑，任由泪水洗刷脸庞，也不舍得擦掉。过了好一阵子，好不容易才安静下来。

一行人又一次不约而同地，举香虔诚跪拜，然后又一起五体投地，让身体尽情享受祖庙的温暖与拥抱，就好像游子扑进久别母亲的怀里一样，尽情享受母亲慈祥的爱抚，即使内心藏有些许的埋怨，此时此刻，连埋怨也会化成温暖的话语，不过，他们一句话也没有说，而三平寺管委会的人也非常理解他们的心情，没有去打扰他们，此时此刻，任何的言语都不如用心去倾听和体会并享受。

进香团一行人，这一趟的"寻根之旅"，就是在这样感动与被感动中，顺利并且圆满地画上了句号。他们恭敬地按照礼节取香火，并把香火虔诚地带回台湾，重续先人久远而又未圆的梦和对未来大团圆的无限渴望，同时也带着内心饱满的温暖与欢喜回到台湾，写下了两岸同根共祖的又一篇章。

信仰的力量

解放后，流落各地的三平寺附近村民，又纷纷返回村庄。

当村民们看到原本香火旺盛的三平寺已变成一片废墟时，内心十分感叹。正当村民们心情十分落寞之际，有人惊奇地发现，三平寺虽被烧成一片焦土，但伽蓝爷住的那个殿堂却丝毫未损，村民们纷纷匍匐于地，相信这一定是伽蓝爷显灵。

消息传开以后，前来烧香的香客越来越多，香火日渐恢复。为了让祖师公的香火得到延续，村民们召开会议，决定要重建三平寺。

"乡亲们，三平寺虽被烧毁，但祖师公很灵感，伽蓝爷的那个殿堂丝毫未损，这就是祖师公和伽蓝爷显灵，你们说是不是?"有一天傍晚，三坪村中的长老们召开会议，有位村中长老首先打破静寂，如是发问。

"是——"众乡亲异口同声，都认为确实是祖师公和伽蓝爷显灵。

"祖师公和伽蓝爷这么灵感，我们一定要重建三平寺，让祖师公的香火更加旺盛，保佑我们更快更好地重建家园，并过上好日子。"村中长老们的说法和建议很快得到广泛支持和赞同。

然而，重建三平寺的资金要从哪里来呢?

"乡亲们无论用什么样的方法筹集资金，只要记住一点就行。"村中的长老们显然也有一种被逼上梁山的感觉。

"记住！我们三坪村就是呷祖师公的。"

"是的，祖师公好，三坪村村民就好。"许多三坪村村民都这样附和着说。

……

于是，乡亲们有的像僧徒一样，四处化缘；有的像乞丐一样，逢人便乞讨；还有的在附近各个路口，搭设简易的凉棚，供来往的客人憩息，同时向客人提供茶水以得到一点儿钱。

"喂，同志，走路累了，请到这边休息一会儿吧。"

"这里有茶水，请来喝碗茶水吧。"

村民们站在路口，招呼来往的客人。

"好的。走得确实有些累了，憩一憩也好。"

"来碗茶水吧，口渴得要命。"

来往的客人也经常在路边凉棚里停一下，喝口茶水再走。

"老板，给你茶水钱吧。"

"哦，谢谢，祖师公会保佑你的。"

有时候，还会出现如下尴尬的场面，几个小孩，包括一些青少年，干脆就在三平寺里外以及附近围住一个或几个香客，伸手乞讨、要钱。

"大叔，大伯，给我一点儿钱吧。"

"大哥，大婶，给我一点儿钱吧。"

"也给我一点儿钱吧。"

……

不知情的香客，无法理解三坪村村民怎么变得这样野蛮。知情并感念祖师公的香客便毫不吝啬地掏出小钱分给他们。还有一些香客早就听说过三坪村村民有"呷祖师公"的习俗，每次要上三平寺烧香之前，都会先换些小钱再上去。

新中国成立后，三坪村村民才清醒地认识到，长期以来，对"呷祖师公"的习俗存在着一种误解，认为"呷祖师公"即不劳而获，伸手向人强行要钱。因此，为了重塑形象，三坪村村民一改往日粗俗和野蛮的行为，而以知礼、知节和友好的态度迎接来自四面八方的香客，获得了好评。

然而，三平寺虽然地处偏远山区，同样摆脱不了被多次摧毁的命运，别的不用多说，且说"文革""破四旧"时期，三平寺就遭遇了一场空前的劫难——

"文革"初期，也就是"破四旧"那当口，当地有些干部神气得很，接到上级号召后，就带领几个"四类分子"上三平寺"破四旧"去了。

其实，那个时候三平寺早已似庙非庙了，庙址被改为农校，相当于现在职校一类，政府请来一些教师到农校上课，一方面是为了向广大青年传授农业知识，另一方面是为了给没有读过书的农民子弟扫盲。那天，正好农校放假，没有学生在里面，倒是有几个外地香客偷偷摸摸在里面给祖师公烧香，很快被赶走了。

接着，那些"四类分子"在当地干部的监督和鼓动下来到塔殿，准备挖祖师公的坟墓，也就是塔殿正中祖师公法身下面的那口井。尽管那些"四类分子"很不情愿，也只好硬着头皮干。当移开盖在那口井上的石块时，忽然，从井底下浮出一股异样的香气，这香气中既有樟花的香味，又有茶香。

原来那口井很深，为了防潮和防腐，底下堆满了木炭和茶叶，还有许多樟花。奇怪的是，这些木炭和茶叶还有樟花依然鲜活，仿佛刚放下去的一样，而且，茶香和樟花的香味互不侵蚀，也不被木炭吸走，简直不可思议。

就在这一刹那，那个当地干部忽然有一种昏眩的感觉。他悄悄地走到一边去，掏出烟狠狠地抽了起来。

过了一会儿，那些人从井里端出一口小缸，里面放着几本经书和一堆五谷杂粮，其中稻谷、麦穗等好像刚从田里收割上来的一样新鲜，真是奇怪。

　　这时，天空忽然响起一阵惊雷，井底下的人赶忙爬出来。那位当地干部一愣，问："井底下还有什么吗？"

　　"没有了。"刚从井底下爬起来的人回答说。

　　"没有就把井填了。"那个当地干部说道。这个时候，没有人知道那个当地干部内心的不安与惶恐，许多事情就是这样潜入地里并上升为某种信仰。

　　还有一件事情，也是很神秘和传奇的——

　　众所周知，三平寺是块"蛇穴"宝地，"下水蛇，上水龟"远近闻名，流传久远，这块宝地是祖师公当年亲点的，因此更加的神奇。可是，就在那个时候，"土改"工作队为了取直河道，破了"上水龟"的风水，将那只"灵龟"的一个脚趾炸掉，致使"灵龟"血流不止，长达近月。

　　后来，去炸"灵龟"的那个人左脚得了一种怪疾，先后到大城市数家大医院治疗，也请了无数的郎中，用青草药"独门秘方"治疗，可就是治不好，成了瘸子，这件事情并非道听途说，而是事实。为什么会这样呢？其实也是说不清楚的。

　　或许以上这样的说法有点儿迷信，不过，反过来思考，这何尝不是相当于给社会上了一堂环境保护课？别的不说，从现实的角度来讲，三平寺早已是国家 AAAA 级风景区，该风景区周围又有闻名已久的"八景"，如今，最传神的"上水龟"缺了一个脚趾，岂不是太令人遗憾了？

　　从 20 世纪 80 年代末开始，时值国家改革开放初期，经济逐步走向繁荣，港澳台同胞、海外侨胞，还有来自东南亚以及美国等世界各国的商贾陆陆续续闻声来到三平寺烧香请愿并慷慨解囊，从而使三平寺焕然一新。

也就是在这个时候，福建省平和县人民政府在三平成立了"三平风景区管理委员会"，统一管理三平寺，对三平寺周围的各个景点进行保护，三平寺更进一步获得国内外香客的好评。

1993年10月，风和日丽，秋高气爽，正值旅游旺季。一天，有位香客一大早就来到三平寺，陪同人员前呼后拥。原来，此人是美籍华人，某财团的董事长。

他兴致勃勃地游览了寺庙之后，对三平寺的独特建筑风格赞不绝口，对祖师公的业绩和民间传说也饶有兴趣。他问身旁的接待工作人员：

"在海外就听说祖师公非常灵验，果有此事？"

工作人员回答道："诚则灵。先生不远千里回国观光，又在百忙中抽空进山朝圣，一片赤诚，神明可鉴，何不抽一签？"

董事长连声说道："好！好！"于是便在烧完香后，抽了一签。

工作人员一看，说：

"这是第三十四首。可以拿给解签师傅，请他帮您解签。"

解签师傅拿出第三十四首签诗给董事长，并说：

"这是支上上好签，先生事业有成。"而且还说：

"成名玉畿，诸事顺心，名利两全，尽心事业。这是郭子仪一生最精彩的写照。"

董事长往签诗一看，只见上面写着：

第三十四首

　　诗偈：光明五彩照乾坤　不尽华辉月一轮
　　好个男儿真国器　全家受爵拜皇恩

董事长脸上露出了笑容，说：

"海外赤子承蒙祖师公保佑，日后定当重谢。"

过了几天，董事长回到美国，刚要向家里人叙说回国的感受，突然，电话响了，他一听，原来是政界要人今天要接见他全家。董事长脑子里第一反应就是在三平寺抽到的那支签。他放下电话后低吟道："全家受爵拜皇恩。"妻子觉得奇怪，打趣说：

"看你乐晕了，诗情大发。"

"不，你不知道。简直太神了。"

董事长于是将到三平寺抽签的经过说给家人听。妻子说：

"祖师公真是灵感！万里之外将要发生的事情也知道，回国定要好好感谢！"

董事长全家到白宫拜见政界要人后，回到家里，连忙打长途电话到三平寺，转告事情经过，最后他在电话中说：

"尽管今天的科学水平还无法解释签诗的奥秘，但是，我是确信无疑的，并相信有一天，随着现代科学的进步，三平寺祖师公签诗的灵验，会有一个令人满意的解答。"

三平寺崭新的面貌和影响力，就是这样建立起来，并传播出去。

还愿之旅

"一年到，三年透。"这是流传在闽南民间的一句话，意即到三平寺拜祖师公，要连续三年都去，才会更灵验，才会获得祖师公更多的保佑，才能更显示出一片清心。

千百年来，人们都是抱着以上决心和信念登临三平寺朝拜祖师公的，并且大部分人都做到了"一年到，三年透"。即使有些人因故第二年或第三年无法亲自到三平寺，也会千方百计托人顺便代为许愿和还愿，以达到内心的平静与安宁。祖师公的香火就是这样兴旺起来并长盛不衰的。过去道路还没有开通，人们到三平寺许愿和还愿，只能徒步上山。

有一年，农历正月初五，时值春节。

一大早，厦门附近某村庄，传出这样的一段对话——

"张婶，准备好了没有？"

"已经准备好了，你呢？"

"我也好了，就等阿香。"

"来了，来了。不用等，上路吧。"

"那就上路吧。"

三个妇女相约要到三平寺去拜祖师公，去年这个时候，她们才一起去过。

"祖师公真是灵感，去年许的愿，今年就应验了。"张婶说。

"是呀，我也许过一个愿，也实现了。"阿香说。

"你们都许些什么愿呢？"那个叫荷花的女人问。

"我是请祖师公保佑我儿子考上大学，真的就考上了。在这之前，他已经连考了两年都没考上，他父亲埋怨，姐姐也看不起他，差点儿就放弃了。是我告诉他，已经在祖师公面前许下愿，祖师公说他去年一定会考上，果然就考上了，真是灵感，所以，今年我主要是来还愿的。"张婶说。

"我儿子随他父亲上山去砍柴，不慎被倒下来的树砸伤，伤势很严重，我许愿请祖师公保佑他没事，祖师公出了支药签，我按照药签去抓药，果然很快就好了，所以，今年我也主要是来还愿的。"阿香说。

"今年，我也要许个愿。"那个叫荷花的女人说。

"你要许什么愿啊？"

"现在不能说。"

"不说，我也猜得到。"

"胡说，我许什么愿，不说你能猜得到？"

"不就是再找个男人嘛……"

"你……"那个叫荷花的女人，假装生气的样子，其实真的是被说中了心事。她男人多年前偷渡到台湾，一去不复返，她已经守了很多年的"活寡"，所以如今想许愿再找一个男人陪伴也无可厚非。

闲话少说，三个妇女胸前都挂着香火袋，背上还背着另外一个袋了，里面装着糖果之类的供品，还有一大束要烧的香和纸钱，另外还有一些自己路上要吃的干粮等，她们要从厦门步行到三平寺去，以此计算，来回至少要走两天两夜才能到达，足可见她们的虔诚。

当她们来到三平寺时，碰上了这样一件事——

原来正月初六这天，正好是祖师公的生日，又是在春节期间，三平寺里里外外异常热闹。有个从新加坡来的女侨眷，穿着一身翻毛大衣，随着丈夫到三平寺来还愿，一年前，她就许愿，如果丈夫事业有成，一定再来报答，果然应验。

她在烧香还愿时，因为觉得穿着翻毛大衣很不方便，就脱下来放在旁边的桌子上。万万没有想到，她求完签后转过身，那件翻毛大衣不见了，于是就大声叫嚷道：

"谁拿了我的毛大衣？"众人也觉得奇怪，毛大衣放在身旁，又在大殿里，怎么会不见呢？这可是从未有过的事情。

"您先别着急，祖师公很灵感，您不妨抽支签，问问下落。"庙里的解签师傅这样对那位女侨眷说，她照做了。解签师傅看完签诗，对她说：

"往东，很快就可以找到。"

果然，不一会儿，有几个见义勇为的年轻人在东边侍者公岭抓住了小偷，很快把翻毛大衣还给那个从新加坡来的女侨眷。一场风波就这样在极短时间内得到平息，比公安人员破案的速度快许多，这真是天网恢恢，疏而不漏，坏人终难脱身。

事后，那个小偷发出这样的感叹：

"在祖师公面前，真的不能做坏事，不然，连逃都逃不掉。"他接着又说：

"本来应该是可以得手的，没想到走来走去又走回来，竟迷路了，这才被抓住，而周围的路，平时就很熟，怎么走都不会迷路，真是奇怪！"最后，他说：

"从此要做好人，自食其力，不再做犯法的事。"

据说，那个小偷后来果然改过自新，学做生意并获得成功，此后每年都要到祖师公面前许愿和还愿。

微生物之路

福建省平和县是九龙江和韩江两大河流发源地之一，其实漳州附近6条河流有5条源自平和，可见，其环境保护的重要性不言而喻。换言之，其生态保持好坏关系到九龙江下游和潮汕地区上千万人的饮水问题，影响重大。近年来，平和县在加快发展地方经济的同时，不失时机并高标准严要求保护好生态环境。多年来，平和地方政府非常重视自然生态的保护，并大胆地引进资金和项目进行开发和利用。其中微生物技术的开发和利用尤为突出。据了解，平和三平绿源生物技术有限公司就开发出一种生物菌。这种生物菌适用于种植业和养殖业，如种果、种稻、养鸡、养鱼等。这种技术最大的特点就是环保。也就是时下最热门的说法——低碳。其实，科学家早就得出结论，最早的生命形式是微生物。影响并改变人类命运的重要因素也必将是微生物。因此，利用微生物技术保护生态环境的重要性不言自明。尤其是平和作为"绿色、环保、生态县"而言，发展微生物技术更为重要。实际上，一方水土养一方人，这句话已经说出另一种生存状态的秘密。

所谓微生物是指那些形体微小，结构简单，通常要用光学显微镜和电子显微镜才能看清楚的生物。当然，也有一些微生物是可以看见的，如属于真菌的蘑菇、灵芝等。据了解，生物界的微生物多达几万种，大多数都对人类有益，只有一少部分是有害的。但是，正因为有些微生物能引起食品变质，腐败，并具有分解自然界的物体，才能完成大自然的物质循环。也就说，只有这样，自然界生物链才会形成。经过以上介绍，相信读者对微生物的存在和状态以及作用就有所了解。不过，真正要对微生物有所认识，还有必要进行更具体的了解。

以三平绿源生物技术有限公司所开发出来的微生态发酵床养猪技术为例，它不但可以快速消化分解粪尿等排泄物，达到促进猪的生长并提高生猪的免疫力，大幅度减少疾病的发生，同时还可以实现猪舍（栏、圈）免冲洗、无异味的效果。

之所以能达到这种效果，是因为该技术是利用特异微生物菌群对秸秆粉、木屑、米糠、猪粪等有机物进行发酵处理，然后制成养猪垫料层，生猪饲养在垫料层，即发酵床上，由有益微生物组成的复合菌群以猪粪尿为基础营养迅速繁殖，而各种病原微生物被杀灭抑制，为生猪的成长发育提供了良好的养殖环境，同时实现零排放。不仅如此，所有被发酵的猪粪尿等均被化作肥料后，又可作用于各种种植业，而且，比起其他有机肥料效果更好。可见，该技术是一项非常有益的探索，尤其对于地处九龙江和韩江发源地之一的平和来说，意义和作用更加重大。

另外，同样也是众所周知，福建省平和县不仅是九龙江和韩江发源地之一，且是中国琯溪蜜柚之乡。其盛产的琯溪蜜柚不仅获得"中国驰名商标"，还被誉为"世界柚乡，中国柚都"。此外，还是"中国香蕉之乡""中国白芽奇兰茶之乡"等，可见，将平和定位为"绿色、环保、生态县"是很合适的。而在这样的地方开辟出一条微生物探索之路，无疑更应该引起各方面关心和重视。

异彩纷呈的民俗活动

民俗是最大众化的，也是最具地方特色的。解读一个地方，最好的方法就是关注民俗，因为民俗是长期以来历史沉淀下来并提升出来的一种文化现象。中国民间民俗向来就是广泛而多样的，平和又是一个历史悠久文化积累和内涵深厚的县城，其民俗特点自然也是丰富而多彩的。因此，了解平和，最好的办法也是最直接的办法也就是深入民间进行观察和解读。其实这也是通用法则。

不久前，平和坂仔心田宫锣鼓喧天，热闹非凡，"首届海峡两岸坂仔民俗文化节"在这里举行，台湾元保宫派出代表前来参加。此次文化节有民俗风光摄影展、文艺演出、非物质文化遗产知识抢答、彩车踩街、商品交易会、武术表演等。元保宫代表说，心田宫是台湾元保宫的母宫，凝结了两岸浓浓的血脉情缘，今天回来参加这个活动，很有意义。由此可见，民俗同时也已经成为两岸同胞互相沟通的桥梁。

实际上，每年春节期间，平和县都会上演各种盛大独特的民俗活动。除常规旅游路线外，活动也将以丰富的内容和形式吸引民众的眼球。一般情况下，平和的春节民俗祭奠活动从初一闹到十五，活动中有龙艺、铁艺、花灯、舞狮、舞龙、踩高跷等。其中正月十五元宵夜的大型"龙艺"民俗活动是一大亮点。2008年，平和县小溪镇就被福建省文化厅命名为"中国民间文化艺术

（龙艺）之乡"。小溪镇也因此成为福建省唯一被命名为"中国龙艺之乡"的乡镇。

其实，清康熙版《平和县志》卷十《风土志》里就有载："民间结采架，选童男靓妆立架上，扮为故事，数人肩之以行，先诣县庭，谓之呈春。"这"采架"，就是龙艺的雏形。可见，平和被授以"中国龙艺之乡"实至名归。这项活动重头戏每年主要是由西林侯山宫上演，热闹非凡。当然，附近几个乡村每年也会同时举办同样的节目，然后一起到县城来进行活动，颇有互相比拼互不服输的味道，因此，每年节目都丰富多样，令人大饱眼福，这也是地方民俗活动的主要特点。

平和县山格镇有一座庙宇叫山格慈惠宫，其风俗习惯是这样：每年的农历七月十九这一天，是山格大众爷的生日。当地人为了庆祝，每年在这期间都会举行各种各样的活动，内容十分丰富，且周期也不短，一般都要从月初就开始着手准备，真正活动的时间至少要 3 天，多则 5 天。活动的项目主要有"扛猪公""灵龟归庙""掷孤米""龙艺表演""搭台演地方戏"等。后来，文史专家感到好奇，经考证后发现：该庙主神竟为明代抗倭民族英雄戚继光的化身。一石激起千层浪，山格慈惠宫的民俗活动，一年比一年被推向高潮。

说起明代抗倭民族英雄戚继光化身山格慈惠宫主神这件事并非道听途说。明嘉靖年间，当时的闽南还处在倭寇猖獗时期，社会上民不聊生，苦不堪言。正是在这个时候，年少英俊的戚继光，率领6000"戚家军"来到了福建，负责平定倭患的重任。不久之后，大部分的倭寇果然也被"戚家军"打得落花流水，狼狈不堪，闻风而逃。但仍有部分倭寇流窜在外，从中作乱。嘉靖四十三年（1564 年）除夕之夜，部分倭寇乘我国军民欢度春节之际，入侵闽南九龙江一带进行抢掠。

此时此刻，九龙江一带百姓，正在家中吃年夜饭，当得知倭寇入侵时，立即将老弱妇孺带入深山躲藏。这个时候，凭着多年平寇的丰富经验，戚继光料敌在先，早就布下天罗地网，只等待倭寇自投罗网。果不其然，等敌船靠岸后，戚继光立即下令，火烧敌船，同时指挥沿江炮台猛烈射击，切断倭寇退路。经过9天8夜追剿，终于歼灭大部分流窜入侵倭寇，并在正月十四日将倭寇全部歼灭。

当逃难的乡民回家中时，第二天已是元宵节，百姓们为感谢浴血奋战的将士，纷纷杀猪宰羊慰劳戚家军。然而，那天天下着绵绵寒雨，尽管如此，前来答谢戚家军的当地百姓不但丝毫不减热情，还兴奋地在雨中一边敲着大鼓，一边弹着琴弦，踏着舞步，唱着欢乐的歌儿。看到这种情形戚继光内心无限感慨，尤其是当他看到那些载歌载舞的百姓，衣服都被绵绵寒雨打湿，更加感动，于是，忙命士兵撑伞为百姓们遮雨，而持伞的战士也不约而同随着节拍舞动，形成边打边舞的场面，激动人心。第二年，军民们为庆祝胜利，又同去年那样狂欢歌舞，从此，年年元宵节都要跳"大鼓凉伞舞"，这就是闽南"大鼓凉伞舞"的由来。

大鼓凉伞舞的出现和兴起，乃至被民间传承下来，可说是一种机缘巧合。也正是这种机缘巧合才促成了军民共舞，并奠定了这一舞蹈的群舞基础。大鼓凉伞舞最显著的特点是整个舞蹈完全不需要音乐伴奏，只是根据鼓点动作来进行表演，这就充分证明了这种舞蹈确实是地地道道来自民间，并适合于战场以鼓舞士气，尤其是表演时气势雄壮，动人心魄，更加充满战斗豪情和必胜信念。

据说，当时是专门挑选体格健壮、血气方刚的男性青年担任男角并扮作武士，而女角常作小旦打扮，头梳双髻，高举凉伞，团龙绣凤，舞动时伞罩飘飞，姿势优美。通常是一鼓一伞，也有二鼓一伞。鼓数均需偶数，越多阵容越壮观。"大鼓凉伞舞"的表演形式非常多样，其中有"斗鼓""翻鼓""摇鼓""吹鼓"

"翻车轮""桥鼓""迭鼓""踏鼓"等，又有"三进三退""观山式静止""莲花转""龙吐须"等构图和队形。后来，大鼓凉伞舞演变成一种闽南民间的民俗并传承下来，至今仍然十分兴盛，每逢节日都会有这种舞蹈。

如今，平和县山格镇的慈惠宫，其风俗习惯就是这样传承并演变下来的。

不过，如果说平和民俗活动最有特色的，则还要数国强侯卿庵于每年的农历正月十一举行的一场别开生面的"走水尪"民俗活动了。每年这个时候，当地群众便会自发组织抬起"王公、王母和五献大帝"三尊神像到花溪源头，沿着河水踏浪飞奔，过河时，速度越快越好，以祈求来年平安幸福。此外，崎岭乡的"桌子艺"又叫"铁技艺"，也是别开生面，其以民间文艺形式和科技手段的完美结合、地方色彩独特、观赏性强而受世人瞩目。相传该技艺由康熙年间演变而来。

当然，平和有特色的民俗活动还有很多，很难在一篇短文中一一论及。相信，只要有兴趣，走到哪里都可以看到很精彩的内容和形式，从而领略到平和丰厚的文化底蕴和精神内涵，而更多的民俗特点还贵在发现和挖掘。譬如，唱山歌也是平和人民的拿手好戏。现在灵通山下仍居住着不少畲族客家人，他们讲客家话，唱山歌，保留着古老的习俗。如此等等，真的是异彩纷呈，而且风味十足。

大地灵魂的雕像

土楼，大地灵魂的雕像，世人内心的图腾，飘扬着信仰的旗帜。土楼，以一个点为圆心，以一个家族的命运为半径，层层向外延伸和扩展，从而演绎出种种不为人知的传奇。或喜或悲，或恩或怨，无不透露出人类对土地和生存的某种依赖和寄托，乃至信仰和敬畏。

土楼作为中国南方独特的民居，其历史地位和价值已经被发现和挖掘。2008 年，福建土楼被列入世界文化遗产行列，因此，如果你不到平和，就一定不了解平和土楼，谁能想到，世界上最大的土楼在平和——大溪庄上土楼；世界上最精美的土楼也在平和——芦溪绳武楼；世界上最早的土楼还在平和——小溪延安楼；世界上最具特色土楼还在平和——霞寨旗杆楼和坂仔薰南楼。此外，还有更多的土楼会让你惊喜万分。

据统计，在平和县境内，保存相对完好的明清时期的土楼就超过 500 座。事实证明，只要你走遍平和的山山水水，就会发现，平和土楼或散落在村野之间，或深藏于大小山凹之间，或立于某座村落的显要位置，或以圆形、椭圆形、方形、长方形的方式呈现在世人面前，又或以四合院式的传统建筑风格彰显出其丰富的人文特点和地方民俗习惯。如果要进一步解读平和土楼，那么，平和土楼的最大特点就是充分体现出闽派地理风水和建筑风格。或安稳或封闭，或沧桑或厚重，总之，每一座土楼都有自己的传奇和向往。

目前，平和土楼正在努力以独特魅力与风格展示自己，人们也必将会被平和土楼所吸引，从而"一见钟情"至少也会"回眸一笑"，并留下深刻印象。尽管平和土楼展露自己的风姿有些迟，但相信人们已经能够感受到平和土楼的这份情意，尤其是背后的那份自信与豪迈。从某种意义上讲，其实这也完全符合平和人的性格特点，既腼腆又永不后悔并勇往直前。再说，历史的风云其实早已经过去了，平和人不会沉浸在过去的岁月当中，必将创造出新的奇迹和辉煌。历史也必将证明，平和县土楼具有深远的历史文化内涵，开发潜力巨大，旅游前景广阔。

继 2009 年度获世界新锐建筑奖第一名之后，平和县崎岭乡下石村的桥上书屋，于 2010 年又喜获得世界"阿卡汉建筑奖"提名奖。据悉，阿卡汉建筑奖为世界六大最著名建筑奖项之一，与普利兹克奖齐名，奖项每三年颁发一次。著名的埃及亚历山大图书馆、耶路撒冷老城复兴项目、马来西亚双峰塔等建筑都曾获得此奖。

当你来到平和县崎岭乡下石村的桥上书屋时，相信你立刻就会被她迷住了。只见一条小溪自山上蜿蜒流下，两座乾隆年间的土楼，隔着小溪默默相望。一座钢铁结构的新桥跨过溪水，将两座土楼连在一起。桥面上 10 多位小学生席地而坐，书声琅琅，在山村里回荡。这就是闻名遐迩的平和县崎岭乡下石村桥上书屋。目前，这座独特的桥上书屋正在以潜移默化的形式，悄悄地改变周围人们的生活习惯和信仰。有时候，人类生存的命运就会被某种偶然的细节所改变。

牵动大地的心弦

乡音应该是最亲切的那条琴弦，大地的手指轻轻弹拨，当年的他们从这里走出去时，只留下她们在家门口守候。如今，他们从远方回来寻根，先祖睁开了一双大地的眼睛，泪眼汪汪，凝视着从远方归来的游子，千言万语尽在心头。此时此刻，天空中飘浮着一朵悠悠的云彩，好像很熟悉的样子，又好像很模糊，那朵云，在诉说什么心语？或许，脚底下的青草已经在欢呼鼓掌，还有那流水，依旧是那么清澈透明，不，真正令人感动的汩汩的泪水。

多年来，不知已有多少的游子从海外归来，或从祖国宝岛——台湾归来。他们激动的泪水所形成的波涛如何，其实已经不用再多说了。他们只想为自己的家乡做点什么，或作为回报，或作为心灵的一种慰藉，或作为无以言说也不必言说的一种畅快。总之，他们正在以自己的行动实践内心的诺言，他们的内心燃烧着火一样的激情。

据了解，台湾约80%以上的人祖籍地都在闽南，其中有相当多的人就来自平和。原全国政协副主席和台盟中央主席的张克辉，其祖籍地就在福建省平和县安厚镇马堂，1928年2月生于台湾省彰化市，1948年就读厦门大学并加入中国共产党。新中国成立后一直在福建省和中央统战、对台工作部门担任领导职务，直至后来荣任全国政协副主席，成为国家领导人之一。1999 年 1 月，张克辉偕夫人洪小玲回到平和县安厚镇马堂祭祖省亲，并亲笔为"马堂张氏家庙"写下题词"承先启后"，为张氏家谱《清河张氏马堂族谱》题写命名。

现任世界银行首席经济学家兼负责发展经济学的高级副行长林毅夫，原名林正义，也是平和县安厚人，算是张克辉主席的老同乡，1952 年 10 月 15 日出生于台湾宜兰县，回大陆后先后担任北京大学中国经济研究中心主任、教授，博士生导师。同时是中华人民共和国第七、八、九、十届政协全国委员会委员、全国政协经济委员会副主任、中华全国工商业联合会副主席，并于 2005 年获选第三世界科学院院士。

还有一个重要人物，他就是中国国民党副主席、台湾海基会会长——江丙坤，1932 年 12 月生于台湾南投县。2005 年 3 月率领中国国民党大陆参访团首次访问大陆，实现国共两党 50 多年来的首次破冰之旅，之后他穿梭在两岸之间，为两岸的经济交往牵线搭桥，同时也完成了父母临终嘱托找到祖籍地——福建平和县大溪镇江寨村并返乡祭拜祖先。大溪江寨村所在的平和县，山清水秀，四季如春。稻子一年三熟，花果常年飘香。是水果类生产"全国百强县"之一。

历史上重要的平和人在台湾还有"阿里山忠王"吴凤，其祖籍地在平和县大溪镇，其 5 岁随父吴珠、母蔡氏渡台。康熙六十一年（1722 年）到乾隆三十四年（1769 年），吴凤任阿里山通事达 48 年之久。吴凤忠于职守，处事公平，力促汉族和番杜的贸易往来，深受番人信赖。去世后，吴凤被尊为"阿里山神"。嘉庆年间，继任通事杨秘根据汉番同胞之愿，在今嘉义县中埔乡社口村立庙祷祀，称"阿里山忠王庙"。每年于吴凤忌日举行祭祀。蒋介石曾为吴凤庙题"舍生取义"匾额。

特别值得一提的是，平和过台湾还有三代公卿——林文察、林朝栋、林祖密，即赫赫有名的台湾"雾峰林氏"，英名贯古今。史书上记载：林祖密（1878—1925 年），名资铿，字季商，祖籍五寨埔坪。其先祖林石，于清乾隆十九年（1754 年）移居台湾彰化，乾隆二十七年（1762 年）再迁阿罩雾庄（今台中雾峰）。与其祖父林文察，官至福建陆路提督，赠太子少保，其父林朝栋，并称"平和过台湾三代公卿"。其因抗击侵台法军、开拓台湾有功，钦加二品顶戴，赐穿黄马褂，统领全台营务，母杨水萍，也因率 6000 乡丁助夫击破入侵大屯山区的法军，封一品夫人。

　　此外，平和还是中国著名油画先驱者之——周碧初的故乡。周碧初（1903—1995 年），其 20 世纪 20 年代留学法国，1930 年学成归国。先后在上海新华艺专和国立杭州艺专任教授。嗣后曾侨居印度尼西亚多年，1959 年自印尼回上海探亲，目睹新中国画坛欣欣向荣的景象，决意回国潜心创作。其与徐悲鸿、颜文梁、林风眠等皆同窗好友。1992 年，周碧初艺术馆于平和县落成。

　　综观以上这些古今乡贤，无不为平和这块土地增加了厚重感，尤其是其沉淀下来的事迹，必将影响更加广阔而深远。如今，平和这块土地正在蒸蒸日上，热火朝天地改变过去落后面貌，其实背后都有他们的影响力在，尽管他们可能很少回到平和，但能够牵动大地心弦的，必是了不起的人物。

徜徉在人文中的信仰

文化是一种品牌，也是一种沉淀和积累的过程，一个地方的人文特点，最能反映当地历史的深度和厚度，尤其是足音。徜徉在人文中的信仰，相信每个人的内心都会受到震撼，平和的人文特点独具魅力，在这里，你可以穿越时空，回到四百多年前去看明代老街的别样风情，也可走进清代的"榜眼府"，去拜访一代武榜眼，目睹他的魁梧英姿。如果有兴趣，还可以回到更早的过去。

徜徉在九峰镇那一条用鹅卵石铺就的明代老街，别一样的风情定会让你流连忘返。该街道只有1米多宽，曲曲折折地延伸着，两边的房子，大多是木结构的，那小小的铺面，也是木板做成的，白天朝下一拉，就能摆放商品，晚上打烊了，往上一推，就和四周的墙壁严丝合缝了。看到那些老旧的门楣、窗台、屋顶无不勾起人们对过去历史的回忆与思考。以前，这条老街经营着各种业务，有糕饼铺，也有药铺等，客商云集，热闹非凡，小小的店铺却做着跨越闽粤两省的生意。如今，在这条明代老街上还依稀可以看到当年的"老字号"，如"瑞芳"等。当走出这条明代老街时，就来到了民国初期建成的骑楼式老街，又是别样的风情。如今，这条明代老街已经成为研究闽粤交通贸易史的"活化石"，保存下来的意义和价值不同凡响。其实，历史和现实在这里已经诡异地互相交替并融合着，仔细一想，这条老街似乎还想对现代人说些什么？又好像在诉

说着什么？历史在这里仿佛停住了脚步并留下很深的脚印和记忆，而思想又好像在穿越时空隧道一样。

从九峰镇那条用鹅卵石铺就的明代老街出来，尽管情绪可能还不能平静下来，但是，我们的脚步其实已经来到了霞寨榜眼府。清乾隆时期，平和霞寨钟腾出了一位名人，他就是黄国梁。他是霞寨大坪铜场鸭母坑村人，出身贫寒，以卖炭为生。清乾隆四十三年（1777 年）中武举，四十六（1781 年）考中辛丑科武进士，钦点榜眼，封为一等侍卫，在皇宫供职。据载，漳州历史上曾出过武举人857 人，武进士 130 人，但武榜眼仅出过黄国梁一名，足见这"榜眼"多么难得。正因为如此，霞寨榜眼府也成了平和人的一大骄傲，每年都引来了众多的游客前来观看，而其中不少人对周围的风水地理非常感兴趣。其实民间人士往往都会有这种情结，即相信出名人的地方，周围的风水地理一定很好，所以好奇者有之，趋之若鹜者也不少，越传就越神奇了。

霞寨榜眼府坐东南向西北，门对双峰山，门楣上有一石匾，题为"双峰耸秀"。整座建筑布局依次为门楼、照壁、前厅、大堂。两侧各有5 间厢房。门楼较为奇特，以坐向右侧而立，照壁嵌入前围墙。前厅面阔 3 间、进深 3 间。两侧为卷棚式走廊。大堂面阔 5 间、进深 3 间。整座建筑青砖黑瓦，庄严肃穆。建筑面积大约600 平方米。就是这样一座"榜眼府"不知经历了多少历史风云，又招来了多少游客。然而，据传，当年黄国梁进宫不久即被害，至于死于何因、死于何人之手，却不见记载。其实，这"榜眼府"并不是府第，只是祠堂，是榜眼黄国梁死后乡人专为供奉他的神位而建的。如今能和这位武榜眼扯上关系的只有霞寨镇黄庄村大协关通天蜡烛山峡谷之间的石晶宫了。石晶宫被誉为"平和第一泉"。泉上一石壁，刻有"石晶圣泉"，据考证，系榜眼黄国梁所题。一代榜眼就这样只剩下这点蛛丝马迹，留给后人观瞻，并引为信仰和骄傲，实为憾事。

说　牛

　　牛在甲骨文中，乃象形字也。牛头形，中间一竖表示牛面，上面是牛角，下面是牛耳。子曰："牛羊之字，以形举也。"所说即是指此；而《说文解字》里云："牛，大牲也。"所讲却和祭祀有关。《说文》里亦云："牲，牛完全。从牛，生声。"可见，牺牲之"牲"字乃指祭祀品也。故还有"太牢"和"少牢"之分，意思是说，行祭前应先养牛于"牢"。凡此种种，有关"牛"之文字，不胜枚举。

　　呜呼，想我泱泱华夏，数千年来，以牛为图腾，为象征，又以牛之温驯善良、任劳任怨、辛勤耕作之状态为精神，为楷模，何以沦落于刀下并为祭祀品？

　　想起史前，牛在天庭时，为吃一茎之禾，致使数颗禾籽掉落于地，而被打入万劫不复之苦海。幸有佛祖怜其不幸，使其转世忉利天宫，去须陀山修成正果，才有今天之造化和精神之化身，可后来又落入庖丁之流之手，真是可喜可悲可叹。

　　然，春秋时期，有"宁戚饭牛而歌"而引起霸主齐桓公之注意，并受重用。齐时又有名将田单，以火牛阵大败燕军，创下史上以弱胜强之光辉战例。可见，牛于古代战场上亦是大功臣也。而《世说新语·言语》中，还有一则故事却是这样写的：晋人满奋，字武秋，官至尚书令。一次他在晋武帝身旁侍坐，北窗是琉璃窗，实际上很严实，但看起来却像透风似的。见此情景，满奋面现难色。晋武帝笑着问他为什么犯难，满奋回答说："臣好比吴地的牛，一看见月亮就喘起来了。"晋武帝觉得此比喻甚有趣，实际上亦是，以喘月作比，确属神来之喻。

还有，南朝学者陶弘景，因受梁武帝萧衍器重，有意请其出山为官，而他却绘了一幅《二牛图》作答：一牛以金绳牵着，一牛悠闲地在小塘休息。梁武帝始知其无意仕途，也就不勉强他，但朝廷每有重大事情，总去其隐居处茅山征询意见。可见，陶弘景这个"山中宰相"并非浪得虚名，亦必有真才实学，否则是不会受到梁武帝如此抬爱的。还记得，在五代十国时，有国画艺术大师们绘一幅《画牛图》，画中两头牛采用"昼显夜晦"和"昼晦夜显"两种不同颜料绘就，画面显示出牛"昼则啮草栏外""夜则归卧栏中"的艺术效果，这种技法较之法国画家约翰·卡顿所采用之画法还早了800年，堪称中华绘画艺术宝库中之瑰宝。而其中立下汗马功劳者，非牛莫属，既如此，后人岂可怠慢？又岂能不著文以赋之？

又记得，明朝开国皇帝朱元璋，年少时亦是个放牛娃出身，难怪湖北黄陂大余湾一些古宅檐下还保存有明洪武时期的壁画，其中一幅就是状写朱元璋背犁牵牛之情景，也难怪朱元璋登上皇帝宝座后禁杀耕牛。然，在现代社会里，不知有几许人假借着牛之无私奉献精神和所做贡献而攀上荣华富贵，之后，弃牛于荒野而不顾还大食其肉？难怪古人会用这样的诗句为牛打抱不平，"朝耕及露下，暮耕连月出。白无一毛利，主有千箱实。"其中之无奈，确非笔墨所能完全表达。

其实，自古以来，农人爱牛，早已达到了人牛合一之境界，实在可歌可泣。譬如，苏轼有词《浣溪沙》中云，"牛衣古柳卖黄瓜"。讲的是即使在饥荒时节，农人也不忍杀牛来充饥。而清代袁承福在《老翁卖牛行》中深情描绘："念牛作多年功，洒泪别牛心不忍"，"买牛人自鞭去，老翁泪湿东西路。"其人牛依依惜别之情尽现笔端。可见，从某个角度上来分析，人与牛的本性确实是一致的，也有共通之处。当然，这也是人类悲悯情怀的体现，同时也是对牛的一种感激。

　　牛影接幢来，鞭长古训多，借牛抒情，不亦乐乎。

朝天寺访仙

很少有寺庙会让我一进去就想朝拜，灵通山上的朝天寺是个例外。我敢保证，这样说绝无半点矫情，完全是发自内心的感应。而我之所以有如此强烈表达与沟通的愿望，并不仅仅因为它是一座寺庙，或庙中的主神观世音菩萨多么灵感，而是因为这座寺庙的地理位置很特别，站在这里确实有一种飘飘欲仙的感觉，因此我下意识地认为灵通山上的朝天寺不是一座普通的寺庙，而是仙界设在人间的天堂或者会所，至少在我眼里和感觉上是这样的，其奇妙之处就在这里。

的确，我完全相信，某一天某一时刻，一定会有仙人出现，乃至有众多的神仙在这里聚会。朝天寺外前面右侧的一块巨石壁上，有"仙踪"二字石刻，而在"仙踪"二字下方，有一只深深石刻的"右脚脚印"，传说那是一只仙人所踩进的右脚鞋印。这样的传说放在这里，宁可信其有，至少我是这么认为的。而我也是来到这里之后才突发奇想，如能在朝天寺访到梦幻中的神仙，那该是多么美妙。

这个时候，我才有点后悔以前几次游灵通山都没有去朝天寺。是的，我的确有一种来迟了的感觉，仿佛错过了与神仙约会的时间。不过，如果放开来讲，其实是一点儿也不迟的，与神仙或与大自然某个神秘景点相邂逅，无论何时何地永远也不迟，一切皆是缘分的安排。再说，只要人心不老，天地不老，神仙也不老。

没有身临其境，无法说出内心更多的体会。过去，我从照片上看朝天寺时，只觉得它很独特很神奇，心想，一座小小的寺庙立于一座高高的危崖之上，孤寂而又神秘，但那又有什么呢？大自然中像这样的鬼斧神工并不少见，只要有心便会发现。然而，当我身临此境时，心境一下子得到了净化，同时进入无尘的境界并得到提升。这是我来之前完全没有意料到的，或许，这就是一种缘分。

站在寺前，我抬头看见朝天寺与不远处高耸入云的灵通岩相对无语，又默默沟通，形成了大自然的默契。到过灵通山的人都知道，岩顶上整天都被云雾萦绕着，构成了神秘的太极阴阳图。只见那一阴一阳，一刚一柔，循环萦绕，默契十足，又相得益彰，因此没有理由不自成风景，并形成巨大的吸引力和神秘感。而朝天寺虽在灵通岩底下，也常弥漫着浓浓的仙气，仿佛神仙还在那里，只是凡人无法用肉眼看见而已，或者神仙刚刚离开，仙气尚未散去一般。在这里，我真有一种飘飘欲仙的感觉，尤其是站在上面向四周环望，不仅视野开阔清悠，且郁郁葱葱，滋人耳目，宁静的气氛更加清澈安详，无尘的景致足以净化人的灵魂，再多的烦恼来到这里也会顿时化作了无牵挂。而这种体会唯有达者才能真正领悟。

朝天寺后门有个小阳台，我称之为邀仙台。其实，传说中这个景点就和"八仙"有缘。朝天寺坐南朝北，附近有个白花寺，坐北朝南，两寺同附在一块形如蟒蛇的巨石上，沿着朝天寺东侧一条通往白花寺的石级小路依山曲径而行，远望如一条蜿蜒蜈蚣游走其间，而朝天寺左边有一块巨石形如蹦蹦欲跳之青蛙。整体观之，蛇、青蛙、蜈蚣"三虫"同居一处，相生相克，妙趣横

生，堪称大峰山之绝妙奇观。站在小阳台上，我极目远眺，神清气爽，心旷神怡，此时此刻，我多么希望神仙能突然出现在眼前，或出现在某座山峰的云雾间或脚底下某个山涧。

朝天寺前方的山涧就很开阔神秘，一眼可望见许多的山峰都被云雾萦绕着，因此出现奇迹应该也不算什么意外，尽管这只是我内心的幻想而已。

从文字上，我看到过以下这样的记载：朝天寺始建于北宋年间（确切时间待考），位于平和大峰山南面，坐南朝北，屹立在一巨型如蟒蛇腾空、昂首张口、咄咄逼人形状的诡岩之上。诡岩巨石逾百米之高，可谓险峻雄奇，是名副其实的"蛇地"。相传乾隆帝下江南时曾游于此，令修建此寺，并赐一匾一钟，可惜这文物已毁于"文革"时期。现朝天寺内尚存一块刻有"乾隆五十六年"字样的石碑，可为佐证。另据查证，明熹宗天启年间，吏部郎中陈天定曾在朝天寺出家。并写下一首五言诗偈：

溪光映碧波，石壁郁嵯峨。
上下云烟合，去来风雨多。
磴高闻落叶，树响失猿过。
竹杖未堪倚，前峰扪薜萝。

此外，还有一说，据考证，朝天寺与清末的"小刀会"有关，当时小刀会的秘密据点就在朝天寺，而"小刀会"乃"天地会"旁支，可见，朝天寺不仅历史悠久，非后世所修建，且与民间组织和信仰有关，形成了宗教与现实的密切沟通，从而演绎出历史的风风雨雨和可歌可泣的故事与传奇。但是，这样的解说是远远不够的，大自然的神秘之处还是需要身临其境才能真正体会。

朝天寺前有一棵千年古树，每一片叶子和根须也都弥漫着仙气，仿佛看护寺庙的仙翁坐在门口乘凉一样。古树下有一座土地庙，不大却也是香火旺盛，我看见还在燃烧的香火，便知道刚刚有人来此烧香。不过，冷静一想，朝天寺其实还是十分孤独和寂寞的，因为从香火来看，来此朝仙的游客并不多，尤其是里面的观音佛像等蒙着一层厚厚的尘土，供桌上也是很少有人打扫。由此看来，在这里看管寺庙的庙祝其实是不称职的，至少有些缺少勤快。当然也不能全怪他。

据记载，朝天寺原寺毁于"文革"前，重建发起人有张三角等人。于1981年，石寨和宜古两村群众集资在原地重建（简易搭盖），1993年举行"开光"仪式。寺内供奉"满堂佛"等10多尊。由于该寺所处高山之上，土木结构的简易搭盖，经不起年久月深的风吹雨淋而成为"危房"，于2001年初，由平和县大溪镇石寨村朝天寺管理处发动募捐修建，截至2002年11月，该寺大殿基本完工（殿顶已"上梁"但未盖瓦）。大殿面积近70平方米，大殿前为厅堂，左右各一间"寮房"，总面积120多平方米。由此可见，失职的是历史而非某个特定的人。

不过，令人稍感遗憾的是，如今的灵通山已是省级旅游风景区，每天的游客已是不少，年收入也算不错，何以不把如此夺天然造化之工的朝天寺开发得更好呢？当然，审慎的开发最要紧，要不然反而成了破坏，岂不坏了大事和心情？我看见现有的朝天寺已经开始有点儿"喜新厌旧"了，真的很替它担心。要是把大自然的造化之工给破坏得太厉害，或者，让大自然的神秘感消失殆尽，我想，神仙们也会有意见的，若从此不再大驾光临朝天寺，岂不人为的一大罪过。

记得，吏部郎中陈天定至大峰山登"佛祖岩"时，面对有的寺庙因年久失修的荒废与寺僧的清苦生活，感触颇深。写下了一首五言诗：

寺古多荒瓦，僧贫只荐茶。

谷鸣千树响，人定一香斜。

鉴水形磷影，冥心客是家。

可将生灭理，悟取佛前花。

今天，我愿借此诗与诸君共勉——

雄起：以灵通山的名义赞美

一朵云从天际飘过，或一阵风从山边吹来，本是很自然的一种现象。但是，当一个词突然出现时，激起了我的兴奋，这个时候，我才真实地体会到一座山的存在和伟大。这座山就叫灵通山。这个词就叫：雄起。多么富有诗意的一个意象，多么充满力量的一个词和表达，又是多么值得崇拜的一幅图腾，简直令人五体投地。

倘若在平时，任何一个词的出现，对我来说，或许都可能是漫不经心的，好像某一座山的出现，不管在哪个地方都很正常。现实中的许多人，也早已习惯了这种麻木和接受，其生活方式和感知能力之迟钝，不值得奇怪，包括我在内。平时，我会把一些零散的思维或记忆随意地储藏在心灵的抽屉里。偶尔打开，也会因落满尘埃而懒于打理。然而，今天不一样，我终于被这个词激起了欲望和激情。

雄起：以灵通山的名义赞美。这是我想到的要写这篇文章的标题。说到这里，我首先要非常客气地问一句，你去过平和的灵通山吗？若没去，你无法理解这个词的魅力。若去过，你一定会被这个词所震撼。这就是我问这句话的全部来由。灵通山地处平和境内，离县城约有 50 多公里，其以险、峻、奇吸引世人关注和神往。黄道周在《梁峰二山赋》中说，大峰山（灵通山）"与黄山相似当无不及或有过之"。徐霞客也慕名前来，与黄道周一同游玩。可见，决非等闲之地。

是的，灵通山实在太神奇了，也实在太伟岸和太刚劲了，以致让我几乎搜遍头脑中的所有词汇，也找不到任何一个词比"雄起"来表达更为准确。记得《词源》里有这样的解释："雄起"一词源于两只公鸡打架，颈毛竖起。用本地话叫"鸡公打架，毛毛雄起"。而这个词在四川土话里还有一种解释，就是对"胜利者"的鼓励和呐喊。不过，也有人把它联想到男性生殖器，并认为是个不雅之词。关于这一点，著名诗人流沙河并不认同，他认为，"雄起乃大雅，对应是雌伏"。由此看来，"雄起"一词是有争议的。尽管如此，我还是认为，"雄起"一词应该是个好词，是个健康的词，代表着一种向上的力量和信仰，并有很强烈的男性象征意味。是的，这是多么刚健的一个词，又是多么富有想象力的一个词，充满着一种原始的积累和冲动乃至喷发。是的，这是多么伟大的一个词和象征！

不过，仔细一想，同时我也认为，灵通山的雄起，其实是无法用语言穷尽的，至少那些变幻莫测的云雾，无法用语言准确描述。请看，其变幻莫测，至阴至柔，至阳至刚，岂是语言所能完整表达？尤其是灵通十八景中最著名的景点——珠帘化雨，更为奇妙。一会儿飘若仙女，飞袖而至，时隐时现，极尽隐约之妙；一会儿又恍如某位身材魁梧的金刚大力士，赤身裸体，大汗淋漓，仿佛刚经过一番剧烈的运动。尤其是经过一阵云雨之后，灵通山的雄起，则更加神奇了，其刚柔相济的互补，所造成的化境，直逼道家的思维境界和想象空间，乃至上升为一种极乐的享受和信仰，这种内心的震撼其实是无与伦比的，更有可能是超越想象的。

是的，我眼中的灵通山，是一条血气很旺的硬汉子，也是一位从外表上看起来就十分霸道的刚强汉子，他用一亿三千万年的铮铮铁骨铸就自己伟岸之躯和雄起之姿，令所有探访的人都感到敬畏。当然，若用诗歌的景象来表达，则更富有想象力和柔美空间。不信，你只要侧耳倾听，灵通山上的风，呼呼作响，既野性又温柔；潺潺的泉水，穿越坚实的山体，奔流而下，既冲动又顺其自然；时而有小鸟在林间婉约啁啾，声音清澈见底，光滑透亮，既响亮又婉转；那款款翻飞的蝴蝶，姿势更加欢呼，既潇洒又风流。此外，还有眼前那云雨交欢的节奏和场景，更是欢快和淋漓，仿佛一切都陶醉在大自然的梦想中一样。总之，让人情不自禁。

是的，那天的我们，是以一群文人的姿态进入灵通山的。当雄起的灵通山扑入眼帘时，我无法猜测这帮文人内心各自的感受，尤其是那些心思细腻的女作家们，观察和感受的角度一定更加不一样。凭着生活的经验判断，一定会有许多微妙的语言已经被永远收藏在她们私人的情感空间里。当然，偶尔也会流露在各自精彩的文章中。或许，这就是文人的魅力，其喜欢游山玩水的潜意识，更加迷人。

站在山脚下时，一些琐碎的意象再次包围着我们，包括印象，那花、那草、那树、那石头、那流水……但并没有遮住灵通山雄起的伟岸英姿。当一些杂念再次被风刮起时，一幅幅鲜活的文字和情思已经把它们拼凑成美丽的图画，构成文人们心中的暗喜。触摸着时间的脉搏，我分明感受到灵通山的心跳，仿佛每一块石头都会说话。其实，它们可能也正在衰老和枯萎，只是许多人不知道而已。尽管如此，灵通山雄起的力量是巨大的，而姿态也是十分高贵的，足以令人心甘情愿表示臣服。当然，关键在于站立于情境之外的欣赏者，其内心有没有真实抵达。

回想起十几年前，也和同一帮文友（个别不同）来到灵通山采风。可是，那个时候，我并没有特别留意灵通山的雄起，虽然也分明受到了震撼，回家以后，我把心中的那份激情放进抽屉里，此后很少打开，如今想来，实在有些惭愧。或许，今天的感受和以前不太一样，尤其是当我用：雄起：以灵通山的名义赞美。写下这篇文章时，我感觉，人类身体的某个部位或某个器官，其实已经获得了赞美，这就足够了。愿灵通山永远是那样挺拔，那样雄起，那样富有超强的震撼力。

戚继光与闽南民俗

南北驱驰报国情，江花边月笑平生。
一年三百六十日，都是横戈马上行。

——《马上行》

冉冉双幡度海涯，晓烟低护野人家。
谁将春色来残堞，独有天风送短茄。
水落尚存秦代石，潮来不见汉时槎。
遥知夷岛浮天际，未敢忘危负年华。

——《过文登营》

这两首诗堪称戚继光的代表作，充分表达出他内心的远大抱负和忧国忧民的情怀。这也正是他之所以能够成为"千古一杰"的主要原因和动力吧。历史早已经证明，戚继光不仅是一位平寇民族大英雄，还是一位千古难寻的儒将。他一生征战沙场，每有闲暇时，还不忘写下一些诗词表达内心的豪情壮志和满腔的爱国热情，并有一种为国捐躯死而后已的精神，以上两首诗为证。

闲话少说，时光回到明嘉靖年间，那个时候的闽南，尚处在蛮荒状态，风萧萧分易水寒，满目的沧桑，诉尽当时的人们生活的艰辛，一切的一切都显得那么的茫然和慌乱。事实上，当时的闽南人中有许多都是被流放而来的中原人，他们从中原地带一路走来，颠沛流离不说，用"惊弓之鸟"来形容，或许更为恰当。

在戚继光的时代里，闽南处在倭寇猖獗时期，社会上民不聊生，苦不堪言。正是在这个时候，年少英俊的戚继光，率领6000"戚家军"来到了福建，负责平定倭患的重任。不久之后，大部分的倭寇果然也被"戚家军"打得落花流水，狼狈不堪，闻风而逃。但仍有部分倭寇流窜在外，从中作乱。嘉靖四十三年（1564年）除夕之夜，部分倭寇乘我国军民欢度春节之际，入侵闽南九龙江一带进行抢掠。

此时此刻，九龙江一带百姓，正在家中吃年夜饭，当得知倭寇入侵时，立即将老弱妇孺带入深山躲藏。这个时候，凭着多年平寇的丰富经验，戚继光料敌在先，早就布下天罗地网，只等待倭寇自投罗网。果不其然，等敌船靠岸后，戚继光立即下令，火烧敌船，同时指挥沿江炮台猛烈射击，切断倭寇退路。经过9天8夜追剿，终于歼灭大部分流窜入侵倭寇，并在正月十四将倭寇全部歼灭。

当逃难的乡民回到家中时，第二天已是元宵节，百姓们为感谢浴血奋战的将士，纷纷杀猪宰羊慰劳戚家军。然而，那天天下着绵绵寒雨，尽管如此，前来答谢戚家军的当地百姓不但丝毫不减热情，还兴奋地在雨中一边敲着大鼓，一边弹着琴弦，还踏着舞步，唱着欢乐的歌儿。看到这种情形戚继光内心无限感慨，尤其是当他看到那些载歌载舞的百姓，衣服都被绵绵寒雨打湿，更加感动，于是，忙命士兵撑伞为百姓们遮雨，而持伞的战士也不约而同随着节拍舞动，形成边打边舞的场面，激动人心。第二年，军民们为庆祝胜利，又同去年那样狂欢歌舞，从此，年年元宵节都要跳"大鼓凉伞舞",这就是闽南"大鼓凉伞舞"的由来。

大鼓凉伞舞的出现和兴起,乃至被民间传承下来,可说是一种机缘巧合。也正是这种机缘巧合才促成了军民共舞,并奠定了这一舞蹈的群舞基础。大鼓凉伞舞最显著的特点是整个舞蹈完全不需要音乐伴奏,只是根据鼓点动作来进行表演,这就充分证明了这种舞蹈确实是地地道道来自民间,并适合于战场以鼓舞士气,尤其是表演时气势雄壮,动人心魄,更加充满战斗豪情和必胜信念。

据说,当时是专门挑选体格健壮、血气方刚的男性青年担任男角并扮作武士,而女角常作小旦打扮,头梳双髻,高举凉伞,团龙绣凤,舞动时伞罩飘飞,姿势优美。通常是一鼓一伞,也有二鼓一伞。鼓数均需偶数,越多阵容越壮观。"大鼓凉伞"舞的表演形式非常多样,其中有"斗鼓""翻鼓""擂鼓""吹鼓""翻车轮""桥鼓""迭鼓""踏鼓"等,又有"三进三退""观山式静止""莲花转""龙吐须"等构图和队形。后来,大鼓凉伞舞演变成一种闽南民间的民俗并传承下来,至今仍然十分兴盛,每逢节日都会有这种舞蹈。

如今,在平和县的山格镇,有一座庙宇叫山格慈惠宫,其风俗习惯就和戚继光当年传承下来的民间活动很相似,不妨先来了解一下。每年的农历七月十九这一天,是山格"大众爷公"的生日,据说,"大众爷公"就是戚继光将军的化身。而"大众爷公"名称的由来,据说是这样的,因为戚继光是个大总兵,当地人出于对他的尊敬和感恩,就叫他"大总兵爷",而"大总兵爷"这个称呼,用闽南方言来叫,"总"与"众"谐音非常接近,久而久之,"大总兵爷"就变成了"大众兵爷",再接着就成了"大众爷"了。笔者是本地人,对这种口语和仪式可说相当了解,至少从小耳熟能详。每年农历七月十五至十九,一般是七月十七至

十九，就会举办这样的活动，民间也会自发前来参加。活动的项目主要有"扛猪公""灵龟归庙""掷孤米""龙艺表演""搭台演地方戏"等。

其中，最有意思的是"扛猪公"。这项活动的仪式是这样的，每次"扛猪公"时都要有三头大公猪，还有一只羊，"猪公"口含"菠萝"（方言谐音"旺来"），身披用大红纸剪成的猪公衫，衫上贴有"合境平安"，还有"福""禄""寿""喜"等字样，脖子上还挂着一大串铜钱，伏在特制的"猪公轿"上，由四位穿明朝长衫的青壮汉子扛着，沿街游行，后面还有跟着一支吹吹打打的乐队，然后跟着临时请来的戏班，而那些戏班的"戏子"，要么装成《西游记》，要么装成"八仙过海"里的人物，也有扮成军民同乐的场面，跳大鼓凉伞舞等，有时还杂以清唱，最后，才来到山格慈惠宫（乃大众爷庙名）前，朝拜这位"大众爷"，整个活动真是热闹非凡，将民俗文化发挥得淋漓尽致。当然，这位"大众爷"是否就是民族英雄戚继光的化身，还有待于历史学家进一步查证。2006年，漳州历史协会和平和县文体局，还有山格慈惠宫才专门邀请许多专家前来研究，许多专家对山格慈惠宫的民俗文化特点都给予充分的关注和肯定，并饱含兴趣。

细心的人会很快发现，山格慈惠宫的这项民俗活动确实和戚继光当年传承下来的仪式是一样的，尤其是扛猪羊、扮戏子等，简直是如出一辙。据说古代时更是热闹非凡，而且场面更加壮阔无比，多时有三五百条船只，沿马溪排成船队顺流直下数公里远，而且船船有猪公，船船焚香祝愿，只可惜，如此盛况今已不再。当然，时代已大有进步了，如今连从陆路来的小轿车都没地方停，甚至连走路都要人挤人才能够进去，有时候还进不了，这就是民间文化的力量和号召力。

由此可见，大鼓凉伞舞和平和山格慈惠宫的传统民俗习惯是颇有渊源的，值得做进一步考究。当然，大鼓凉伞舞演变至今，随着娱乐性的逐渐增强和纪念性的淡化，表演形式已有所改变，比如执伞者由原来的男性改为女性，使舞蹈刚柔相济；同时糅入了闽剧、高甲戏等等地方戏剧部分动作，使地方特色更加浓郁。目前这种舞蹈已传至中国台湾地区和东南亚一些国家，只是表演形式稍有差异而已，不过，这已经不是最重要的了，关键在于戚继光与闽南民俗的关系，已经根深蒂固了。

从戏剧方面，也可考证出戚继光与闽南民俗的关系。20 世纪 60 年代初，平和县发掘出手抄本四平戏剧本《金印记》《江边遇友》（即《金貂记》）等。《金印记》是元朝苏复之作。写战国时苏秦受封六国丞相的故事，共 42 出。剧情是：战国时儒士苏秦学识渊博，但一时难展抱负，而其父母及哥嫂谓其迂腐无能，总是嘲笑凌辱他。只有叔父了解苏秦的抱负，十分同情他。一日，听说秦国挂榜招贤，便指引苏秦前去应招，并赠予盘缠。苏秦来到秦国，不被录用。当他回到家里，受到父母辱骂，哥嫂的凌辱。苏秦不堪凌辱，欲投井自尽，被叔父拦住，收留回家。苏秦来到叔父家中后，刺股悬梁，发愤读书。不久，魏国挂榜招贤，叔父又指引苏秦前去应招。苏秦来到魏国后，游说六国，合纵以抗秦，终因伐秦有功，为六国君主所推崇，封他为六国都丞相，赐予金印。苏秦衣锦还乡，父母及哥嫂皆亲到接官亭迎接，而苏秦将父母与哥嫂撇在一边，先来到叔父家中，拜谢叔父。后得叔劝说，见了爹娘、哥嫂及妻子，一家团聚。故事情节非常完整而丰满。

而《金貂记》为明代传奇作品。全称《薛平辽金貂记》。剧本前附有杨梓杂剧《不伏老》4 折全文，并在剧末第四十出［十二时］曲中有"此奇重编补订"的字句，表明它可能是根据杂剧《不伏老》和有关薛仁贵的传说，合并改编而成的。该剧情写的是，薛仁贵为皇叔李道宗所忌，被诬下狱，时值苏宝童率兵犯境，李道宗等人力保薛复职出征。李道宗又遣刺客往害仁贵妻与子，赖刺客重义，任其脱逃，仁贵妻与子得以幸免。薛子丁山于途中叫售仁贵所留金貂，巧遇为薛仁贵打抱不平、开罪李道宗而落职归田的尉迟敬德，母子始获栖身之所。薛仁贵为苏宝童邪术所败，困守锁阳城，遣程咬金求援，又被把持朝政的李道宗所阻，仅拨老弱疲卒五千。咬金无奈，径往职田庄搬请敬德前往解围，薛丁山获知，毅然请行。途蒙仙女赠剑，遂大破敌军，迎父还朝，合门旌奖。也是十分的精彩。

该剧本对善施阴谋诡计的小人李道宗满怀愤恨，对遭受诬陷而蒙受不白之冤的薛仁贵和尉迟敬德持高度同情，这些都带有浓厚的民间传说色彩。正是因为如此，足可见当时的平和在戏剧方面确很盛行。小时候，我就常听大人们讲，平和当时很流行唱戏，每逢庙会或节庆时，都会请来很多戏班。这些从表面上看似乎和民族英雄戚继光并没有关系，其实不然，历史的考证往往是出人意料的。

据传，20世纪50年代初正字戏到闽南演出时，老艺人们看后都认为艺术的风格相同。查正字戏亦有《金貂记》打朝遇友这出戏。闽南、台湾有关记载，有"四平"之名皆在乾隆之后，未悉唱腔情况，但乾隆十三年漳浦人蔡伯龙《官音汇解释义》则说："做九甲（正）唱四平。"九甲又称九角，或谓为九行角色，又称高甲，即闽南地方剧种高甲戏（用闽南方言演唱）。就目前情况看，高甲戏与正字戏也可以看出某些近似者，但就全部而论，则相差很大。

闽中沿海的福清、平潭等地有"词明戏"也称正字戏，并发掘有清雍正十三年（1753年）的手抄本，也是古老剧种，有帮腔并用唢呐笛等乐器。我们没有看过演唱，无法说清异同。有人推测，由闽北麻沙（出版"徽池雅调"剧本的接近江西的地方）传入，流播在闽江口海边为词明戏，在闽南为四平戏，重要依据也是帮腔和滚。但这些也不是最重要的。在此之前，据南澳地方志记载，当时南澳人民为了纪念戚继光、俞大猷剿平与倭寇为崎角的海盗吴平于海岛，故建庙筑台，逢"关帝诞生"等节日花巨款聘大陆戏班上演。而当时的南澳岛属闽、粤共营，400 年前闽南粤东戏曲就是因军队和海运而传播入南澳的。明代王骥德《曲律》说："夫南曲之始，不知作何腔调。沿至于今，可三百年。世之腔调每三十年一变，由元迄今，不知经几变更矣！"（见《中国古典戏曲论著集成》第四卷，第 117 页）这是精湛之论。如今，在南澳岛上，仍保存着明代万历十一年（1584 年）建的一座戏台。它建在南澳旧城深澳关帝庙前。这样的记载是非常有价值的。

由此可见，戚继光与闽戏确实是息息相关的，尤其是在平和。譬如 20 世纪 60 年代初期发掘出来的四平戏手抄剧本，足可引证出戚继光的某些史料，供后人参考。当然，由于年代久远，再加上当时所能记载下来的史实毕竟有限，所以，要掌握详细考证资料是有一定困难的，不过，这似乎已无关大碍，笔者今天为戚继光撰文，除为了考证之外，更是为了纪念这位举世闻名的抗倭大英雄，并将他的事迹传颂给后人，以树立后人有一种民族的自豪感和爱国爱乡的热情。

最后，我要说的一句话是，或许，以上考证尚未达到滴水不漏，有待进一步查考，但无意中已经为学术界提供了另一种考证方法，即从民俗的角度去考证历史，或不失为一种更科学更有说服力的考证方法，果真如此，则不枉写作此文。

拈花日子

在我童年的记忆里，父亲在后院里只种植一些可以食用的蔬菜，那个时候我们填不饱肚子。后来全家搬进县城，后院就荒芜了。一年回去儿趟，父亲总要去整整那块荒地，我说，不如种些花卉。这个建议得到父亲的同意。于是到处找品种，凑上十七八盆。

时移物换，那年回乡下过年，后院里花草已相当繁茂。女儿一看那么多花卉，互相争奇斗艳，非常兴奋，临回县城时吵着要把一盆含羞草带上。当时我没在意，说实在我原本并不大喜欢种那些花卉，因为怕麻烦，一时还真想不起那盆含羞草是什么时候有的，我知道当时是胡乱找来放在那里的，只是不想让后院荒芜而已，没想到女儿竟会喜欢。

含羞草，那是一种瘦弱的小草，女儿喜欢用指头搔它的痒。含羞草外貌不怎么出众，它的叶片，有着奇特的本能，只要轻轻地触动它一下，或者对准它重重地吹口气，它就会立刻闭合，叶柄也会下垂，仿佛不善言辞含羞的小姑娘。它的反应如此灵敏，让女儿突发奇想，决定在阳台上建造她的第一个地震监测中心。女儿把那盆含羞草放在阳台上，偶尔竟有鸟儿来小憩。楼下的龙眼树上，常会长出些虫子，像蜘蛛一样把吊床安放在风中，飘荡来飘荡去，那悠闲的样子，简直不把鸟们放在眼里。我的房子在城东，离金黄的稻田不是很远，可是在我家不远处，还有两株杧果树，常常歇满了小鸟，我不知道这些树到底有什么魔法，能够使这些小鸟恋着不走，可见绿树是它们的家。

我经常从楼下仰望阳台，原来那片荒芜的"山头"，在女儿的精心点缀下。终于有了一点点绿意。阳台是我女儿唯一能够种植的地方，属于我女儿自己的领地。后来女儿从她外公那里又移来好几种花卉，有茶花、石榴、夜来香，还有茉莉、蔷薇等。

春天来临，那些花卉都已能开口说出自己的颜色，我已经常能看见它们那新娘般的笑靥。凌霄也在攀登之中，我想象着它那橘红色的聚伞花序，像一丛丛漏斗悬挂在我的窗前，那绝对是一种至善至美的景致，给人以回归自然的享受。然而，我好像还在等待着什么。是的，那是一只色彩斑斓的蝴蝶飞了过来，还有一只黄蜂也经常来串门。

我不禁打开北面的窗户，我还依稀记得那只客死在我的窗台上的蜜蜂，大概是从离我家不远的那栋楼飞来的，那栋楼是民房，阳台上放着一箱蜜蜂，它们总像一片金色的云飞来飞去。那是女儿同学的家，那孩子的父亲是一个医生，他养的蜜蜂不是用来产蜜的，也不是用来观赏的。据说，他用蜜蜂的尾针来给病人实施蜂疗，效果还相当明显，这也许真是值得科学研究的一门课题。

我惊异于女儿的阳台，竟然在不知不觉中让我产生了兴趣，并且很快着了迷。于是我想，花卉之于我和我的女儿，也真是不薄，似乎有着某种意想不到的缘分。是的，我真应该感谢这些花卉，既点缀了我的生活，又让我的生活富有生机和活力。同时我也要祝贺我的女儿，找到了生活的绿意，为未来打开了希望的亮点。这时我想起了我曾经写过的一首诗：

绿　你是我春天刚过门的妻子

每片叶子都是我们的婚床

夏天我用热情的雨水去浇灌你

而秋天正在不远处

用成熟的目光预言着

我们即将收获的爱情

于是　入冬以后

窗外的鸟语便成了你

渐渐隆起的温暖

绿　你是我春天刚出生的女儿

当你满月的时候

所有的树都要为你绽出花苞

当你周岁的时候

所有的鲜花都要开在你的身旁

等到你长大的时候

所有的蝴蝶也都要为你翩翩起舞

所有的蜜蜂也都要为你采集花粉

也都要为你传播爱情和幸福

　　从此，我就成了一个喜欢拈花惹草的人，并且从中获得了许多乐趣。我坚信，那是一种纯天然乐趣，她能够洗涤尘世的私心和杂念，也能够使人远离或者忘却世俗生活中的许多困惑。尽管这种远离和忘却并不一定很现实，而且是短暂的，但毕竟常常能让人静下心来，另辟一方净土，从而获得灵魂的安静与祥和。我想这应是生活给予我的最大恩赐，我要感谢生活！

平常心是道

我有网名叫：平常心。该网名看似浅显实为深奥。记得当时只是随意取的，并没有往下多想些什么，下意识里认为，网名不过符号而已，只为好玩。没想到如今要把它写成一篇文章，莫非冥冥中自有天意的暗示和安排？

佛门有段公案，如下——

僧问："学人迷昧，乞师指示。"

赵州云："吃粥也未？"

僧云："吃粥也。"

赵州云："洗钵去！"

其僧忽然有省悟。

僧又问："万法归一，一归何所？"

赵州云："老僧在青州，作的一领布衫重七斤。"

佛家有云：平常心是道。如梦初醒。这里所讲不就是平常心？不就是一种道么？"平常心是道"的境界由此在眼里示现。其实，世人要拥有一颗真正的平常心是很难的，其难就难在"才下眉头，却上心头"这样的事情经常会发生，其难就难在要保持一颗平常心很难，尤其是令其显现出一种常态。事实上，平常人要真正做到"知行合一、理事圆融"的境界，谈何容易，但人人都想获得。

经历过内心磨难的人都知道，每一颗平常心背后都隐藏着岁月的苦难和风云，而且，所受苦难越多其平常心就越发真诚和坚硬。可见，越是拥有一颗平常心的人越不简单越值得尊重。然而，现实中往往相反，越是没有平常心的人越是认为自己拥有一颗平常心。由此看来，对平常心的理解，也确实是需要功力和岁月的磨炼，要不然，法眼未开，心智未启，如何拥有一颗平常心？

　　于是，我又想到一首佛偈：无门慧开。

　　　　春有百花秋有月，夏有凉风冬有雪。
　　　　若无闲事挂心头，便是人间好时节。

　　据说，这首佛偈最早是马祖道一提出来的。马祖道一是六祖惠能的得意弟子，也是三平祖师的师父的师叔伯。近日，我写的长篇小说《三平祖师》由海峡文艺出版社正式出版了。上面这首佛偈所讲的乃是平常心，看来我也只能用平常心来看待了。若真能拥有一颗平常心，还真是我的福气。其实，有些平常心可能出自无奈，或更多是因为超出个人能力之外。

　　平常心是道。平常心更是一颗清净之心，拥有它，万事皆过眼之烟云，又何必过多挂碍？其实，还可以把平常心上升到儒道文化的层次上去解读，孔子说："三十而立，四十而不惑，五十而知天命，六十而耳顺，七十而从心所欲，不逾矩。"就是一种平常心。孟子也说："仁是人的心，义是人的路。"也是一种平常心。回到现实中来，平常心其实也是一种处世之道。或说是一门"处世哲学"。只可惜，世间真正拥有平常心的人其实并不多，有的也只是眼前的暂时之境而已。

　　尤其是当类似于金融风暴降临时，陷入其中的人还能保持一颗平常心吗？何况，要修炼出一颗真正的平常心，其实是十分不容易的。说到这,我又想到了苏东坡,记得当年他写一首诗给佛印禅师,原以为佛印禅师必会夸上一夸,没想到佛印禅师在那首诗上写下"放屁"两个字,为了这件事情,苏东坡非常气愤,因此跨江而过,向佛印禅师讨说法,可是又被佛印禅师"抢白"了一句,令他大感惭愧。此时,苏东坡才算明白什么叫平常心。可见,平常心不是那么容易得到的。

那么,在现实中,人们该怎样才有可能拥有一颗真正的平常心呢?以我之见,每个人每天首先要做好每件该做的事情,然后,可以不问结果与好坏,一切皆坦然受之,这样或许就可以拥有一颗真正的平常心了。诚如有人所说,拥有财富的多少并不重要,获得怎样的人生光环也不重要,最重要的是生活着的每一天,每一个过程,这就是平常心的体现。不过,要做到这点无疑是很难的。

说句实话,当初我写《三平祖师》这部书时,于内心上就对结果怀有某种期待,尽管这是正常的,每个人都会有这种期待,但这正是缺乏平常心的一种表现,如果我果然怀有一颗平常心,我应该会对结果很淡然,即便有期待也是一种很淡然的心态,不会因为经历不平凡的历程,而心怀愤懑之情,如蒙冤一样。

现在的我,对《三平祖师》的结果真的很淡然,尽管也确实仍怀有某种期待,但这种期待显然已超出了原来的期待,或许,这也算是对平常心的一种磨炼吧。事实上,怒是一种道,不怒也是一种道,但真正的道,应该就是所讲的平常心。

大道有中无,所讲应是道中的至高境界吧?当然,我是永远不可能达到那种境界的,最多只能尽量找些理由安慰一下自己,以获得心灵的平静。而我不解的是,如果每个人都拥有一颗平常心,不知眼前这世界又会变成怎样?尽管这是不可能的,因世界本来就是丰富多彩的,何况,有的人没有平常心其实也很正常。

浪漫的平和

拜识整个平和山山水水后，始知道，平和这块土地是浪漫的，而这种浪漫不仅让我折服更让我产生无尽的遐想和冲动。是的，当我把平和这块土地理解并解读成一座庄园时，一座既美丽又充满浪漫色彩的庄园就浮现在眼前，犹如陶渊明笔下的田园风光一样，简直可以说是现实生活中的"世外桃源"。而在这既美丽又充满浪漫色彩的庄园里，每个人都是主人，每个人脸部的表情也都是浪漫的，既流动着朴素又闪烁着超常的精力与智慧。然而，这块土地又是真实的，尤其是将它放在当今这个高速发展的现代社会的背景下时，更显得浪漫非常。

踏上这里的山，方明白这里的山是浪漫的。而在此之前，这里的山原本和别处的山并没有什么两样，都是土和石头堆起来的，也都杂草丛生，到处有昆虫走兽在游动。如今，这里的山自从种上蜜柚后，就变得浪漫起来，再加上这里的人们都学会了做梦，于是就变得更加浪漫。是的，这里的人们连做梦也要把这些用土和石头堆起来的山梦想成"金山"和"银山"，而这里的山果然也确实能够"点石成金"，仿佛一夜醒来，满山的柚子立刻变成一堆金子，不仅流露出金子般浪漫的色彩，而且荡漾出这里的人们最朴素的情怀和愿望。而没有来过这里的人，也会有如进入神话世界一般。唯一令人遗憾的是，所有的昆虫走兽也仿佛在一夜之间全都化作"肥料",这不免让人觉得有些遗憾,但相信浪漫的平和定会让这块土地恢复原有的生态平衡。更何况,浪漫的平和有着深厚的历史文化积淀,当然,这也正是浪漫的来源。

沿溪而下,才会感到这种浪漫的来源确是厚实的。九龙江西溪的水自大芹山流出来,却意外又不意外地流出两位"千古风流人物"来,一个是大溪的吴凤,后来成了台湾的阿里山神,而他之所以会成为台湾的阿里山神,是因为他带给台湾的贡献巨大。他不仅教会了当地土著民"日出而作,日落而憩"的生活与耕作方式,而且,还带去了许多农作物品种等;另一个是坂仔的林语堂。林语堂先生出生年代虽然距离现在较近,不过百年有余,也由于种种原因,过去平和人对他了解不多,但是,林语堂先生在国际上的地位和影响力是不容怀疑的,尤其在文化方面。他于1975年就被推举为国际笔会副会长,其长篇小说《京华烟云》使他获得诺贝尔文学奖提名,他还编纂出版了中国第一本《当代汉英词典》。而在中西文化交流方面,林语堂所做的贡献更是杰出,他以所撰写的对联"两脚踏东西文化,一心评宇宙文章"为己任并远远当之无愧。而这两个人,至今并将永远成为平和的骄傲与自豪。此外,还有香火外传千余年的三平祖师……

倾听人群的声音,才会被这里的人感动,因为这里的人也是浪漫的。不仅这块朴素而又神奇的土地诞生出如上两位传奇人物是浪漫的,而且现在这里的每一个人也都是浪漫的。这里的人始终过着一种既原始而又现代的田野式生活,情感上也非常质朴。更让人感动的是,这里的人们不仅靠着这种牧歌式的田野生活找到生活的依据和支撑点,而且学会把梦想变成现实的本事,而这一点,黄澄澄金灿灿圆滚滚的蜜柚就是最好也是最有力的明证。进一步讲,这里的人们正在从事着并且经历着从农耕经济向商业社会的转型的过程，更有意思的是，这里的人们一边在山地上在田野里耕作，一边却又向往着能过上富裕的现代化的城市生活，这就是这里的人们最实在也是最质朴和最浪漫的因素。

是的，连黄澄澄的蜜柚也是浪漫的，这一点绝不是夸张。不信，你再听我说，这里的蜜柚自从清朝乾隆年间就被赐封为朝廷"贡品"后，虽然几经磨难，也几次濒临灭绝，如今却又"绝处逢生"，并且快要变成全世界的"贡品"，而这是如今摆在眼前的事实，而这种事实可贵之处在于，这种弥坚的精神和变化到处弥漫着的古典而又现代的浪漫主义色彩，单从它黄澄澄的颜色和圆溜溜可爱的脸蛋就已经令人垂涎欲滴，然后再稍微展开联想，难道黄澄澄的颜色和金灿灿的黄金有什么两样吗？所以，黄澄澄的蜜柚构成整块平和大地最大的浪漫。

当然，浪漫是需要延伸的，也是需要包容和理解的，正因为有这种古朴而又浪漫的山水情怀存在，这块土地才会孕育并涌现出如此"千古风流人物"，和金子一般浪漫色彩的蜜柚，而未来当然更会令人展开无限的遐想和神思。

读某画作有感

当风拂向寺庙时，一幅灵魂的画作便随袅袅青烟上升。不，那不是青烟，是一扇门，一扇通往天堂的门。不，那不仅仅一扇门，是一条心路，是一条通往灵魂的路。我看见一匹马，一匹无缰绳的灵魂的野马。马背上驮着朝圣者的坚持，同时还驮着欲望驮着背影驮着祈求驮着尘世的苦恼与烦忧，驮着灵魂的抖颤及其他。当然，也驮着某种精神上的皈依与践诺。是的，从这座既熟悉又陌生的精神寺庙里，飘出来的那每一缕青烟，似乎都代表着众生的一种迷茫与把握不定。当然，这种迷茫与把握不定来自精神上的一种坠落或沦丧。然而，这种坠落和沦丧，却在有意无意间成了艺术家创作的主题，并促使艺术家把一幅灵魂画作完成，而这幅灵魂画作的完成有时可能是不朽的。当然，那是多么的一种偶然和必然。

是的，艺术家把这幅灵魂画作完成得多么的美妙，多么的安详，又是多么的不可思议。然而，仔细一揣摩，艺术又是多么的残酷，多么的悲壮，多么的毫不留情，竟将众生的灵魂刻画得如此赤裸，如此飘摇不定，如此魂不守舍，又是如此虔诚，如此充满期待，如此充满信仰和安慰。是的，也许这就是艺术，这就是艺术的魅力和体现方式。也许，艺术本来就应该是如此残酷和悲壮，甚至毫不留情，因为艺术本来就是来自生命的一种灵魂的挣扎与呐喊。是的，在强烈的色彩和光的对比和衬托之下，传统与现代的互相冲撞，包括信仰的矛盾本来就是生命存在中的一种必然。是的，在艺术家的笔下，扭曲的众生，灵魂和信仰是多么的脆弱又是多么的不堪拷问，似乎都飘飘欲仙，又似乎都挣扎着欲脱体而出。

是的，当一幅灵魂的画作完成后，扭曲的众生灵魂和信仰也将随艺术家的画作一起飘升。然而，这简直太残酷了，因为这幅灵魂的画作似乎成了艺术家自己的一张灵魂和信仰的裸照。是的，当艺术家投入到创作中去时，总是在有意无意间也将自己的灵魂和信仰裸露并展示在画作之上。也许，这就是艺术的缺点和完美之处。是的，当艺术家用手中的画笔去朝拜艺术，并跪伏在大地上时，不，应该是跪伏在灵魂的蒲团上时，艺术成了圣母，又充满父性的阳光和色彩，让人感受到有一种情感宣泄的必要。是的，当我从他挥洒自如的画面上看到色彩的飞扬包括光的折射时，我还读出了他的作品的细腻和浑然天成的力量，灵魂因此受到了震颤，同时有一种要被牵引到哪里去的感觉。或许，这就是艺术和力量所在。

文人的骄傲

文人有何值得骄傲之处？一是作品；二是独立的性格和思考能力。如果还有第三，就是能够自食其力、自行其是、自得其乐。也就是说，有稳定的经济收入，不用依靠别人或某一政体，完全靠版税、靠稿费生活。

也许有人会认为，这是文人理想化状态和追求，或者是自我安慰和期待，甚或是做梦般的呓语。在一些人的眼中，文人是一帮自命清高的怪物，清道士一样的社会人士，宁愿过清苦日子也不入俗流，其实这是有偏见的。

先不说别的，且以五四时期的那一帮崭露头角的文人为例，他们大都拥有较为殷实的版税、稿费收入，即使不为"官场做事"也不为"商场帮闲"，他们的生活同样可以过得很好，因此，他们能坚持自己独立人格和自由思考。

以下有这样一份资料，足以说明他们的生活和生存状况：

据报道，从 1912 年鲁迅到北京教育部任职，一直到 1936 年去世，24 年中，鲁迅总共收版税、稿费 12 万多银圆，约合今天人民币 480 万元。这些收入足以充分保障了他在北京四合院和上海石库门楼房的写作环境。即使在他生命的最后 9 年，完全靠版税和稿费生活，每月收入 700 多银圆，相当于现在的 2 万多元。而当时上海一个四口之家的工人家庭每月生活费不到 40 块银圆。

这样的收入令人意外。

有一次，中国社科院王兆胜博士应邀来平和做了一场林语堂方面的演讲。王博士是林语堂研究方面的专家，他不仅说了许多有关林研究方面的见解，令在场的人都耳目一新，还说林语堂先生以前主要就是靠写稿赚钱，而且赚到的稿费是鲁迅先生的数倍，令人大感意外。作为林语堂先生的家乡人，又是同样以写稿赚钱维持生活的我，多少对林语堂先生也有所了解。

我知道，林语堂先生原来的家境很穷，穷得连他"乐观得无可救药"的父亲也只好以牺牲二女儿的前途供林语堂先生上学。据林语堂先生自己认为，他二姐是个非常有才华的人，小时候的林语堂经常和二姐玩写故事接龙，二姐的文采比林语堂有过之而无不及，但"乐天派"的父亲重男轻女，由于经济上负担不起，只好把林语堂的二姐早早嫁出去，可见当时的家境确实是十分困难的。

据说，林语堂出国的时候，到了大洋彼岸——美国，口袋里的钱已经所剩无几，所以只好寄宿在赛珍珠的家，后来，林语堂靠写稿赚到了不少的钱。至于赚到多少估计除他自己之外没有人知道，但有一笔账简单明了。据悉，林语堂当时为了研究汉字打印机，共花去了40万美元。这样的数字对于一个原本穷得叮当响快要当裤子的文人来说，简直就是个天文数字。即使其他人有这等收入也应该算很乐观了，可见，当时林语堂靠写稿赚到的钱确实是不少。

这就是文人的骄傲。历史证明，林语堂是值得骄傲的，鲁迅也是值得骄傲的。林语堂值得骄傲是因为他写出了《吾国吾民》《京华烟云》等一系列作品，还研究出了汉字打印机，并且差点儿得了诺贝尔文学奖。据说，他最后没得奖的原因是自己在国难当头之际对之"并不感兴趣"所致。当时的林语堂是国际笔会会长还是联合国教科文组织副秘书长，可见，要得这个奖并不是很难的。

鲁迅的骄傲在于他写出了大量的杂文，大胆针砭时弊，如一把钢刀一样刺进敌人的胸膛，还写下《狂人日记》并成功塑造了如"阿Q""孔乙己""祥林嫂"这样具有中国文化代表性的人物和作品，至今这些人物身上的特点还附在许多中国人身上，可见，鲁迅是不朽的，他的作品也是不朽的。

鲁迅和林语堂值得骄傲之处在于，两人均有不薄的稿酬收入，完全可以以文养身。其实，文人的骄傲还体现在民族气节上，譬如，林语堂当时的"政见"虽有别于鲁迅的立场，但是，他的民族气节并没有因此受到污染，甚至于远走国外时仍念念不忘国家的大义和对民族的感恩，这一点可以从他众多乃至所有的文章中看出来，尤其是其对家乡的那种情感和依恋。林语堂对家乡那块土地有一种特殊的感情，上升为另一种方式解读，就是有一种类似的恋母情结。

林语堂是个理想化十分严重的人，这一点他秉承了父亲的"乐天派"，因此从某种意义上讲，林语堂也是个"乐观得无可救药"的人，要不然，他也不必远走他乡。当然，这其中也有某种宿命存在，并不是每个人都能理解和体会的。林语堂不想作为任何一个政治体系的附庸，只想做回一个自己，这就是他的理想，也就是他的气节。这一点他显然是受到庄子的影响，庄子更是一个"乐观得无可救药"的人。世上像他这样超脱的文人恐怕真是绝无仅有。

史书上记载，楚威王有意拜庄子为相，派使者带着厚礼去拜访他。且听下庄子怎么说，他说，你带来千金，够多啦，让我去当宰相，这官也够大了，够尊贵啦！……可是，一条在祭礼上用来做祭品的牛，就算披着锦绣进入大庙，最后还是把它给宰了，哪怕它想要像一只肮脏而快乐的小猪那样活着，你能办到吗？众所周知，当时楚国为雄峙天下的春秋五霸之一，能在这样的国家里当宰相，要几千年的修为才有可能，可是庄子却视之如粪土，足见文人的骄傲。

当然，我无意拿庄子来跟林语堂和鲁迅相提并论，之所以提起，完全是出于对文人的骄傲而想起的，但其中确有牵连和传承，因此也视为文人的骄傲。事实上，要想看出文人的骄傲，还是要走入文人的内心才能看到，这也是我提起庄子的一个原因。庄子骨子里就是个文人，林语堂和鲁迅也是，所以他们都是不朽的。一个能够不朽的人其骨子里的傲气也是常人难以理喻的。

在时下的文人中也有这种傲气。换句话说，时下的文人也有一些是可以靠版税和稿费生存的，甚至所收到的版税和稿费比林语堂鲁迅他们还要多好几倍。

不过，我认为，这些年轻一代文人本来是不可以和上面的大师相提并论或同日而语的，因为他们目前仍只是赚到版税和稿费，并没有写出让人能够记住的作品或刻画出任何一个有代表性的人物，所以，从本质上讲，他们还是没有骄傲的本钱。接着，忽然想到了另外一个人，也是非常了不起的文人，他就是已故不久的当代文坛巨匠——巴金，巴老的文章与品行也是众所周知，不必多说的，更重要的是，他也是一个不领国家工资的作家，因此，他也是值得骄傲。

林语堂的文化胎盘

林语堂有三副文化胎盘：一是母亲肉体的胎盘；二是家乡山水的文化胎盘；三是中西方文化结合的大胎盘。

第一，林语堂的母亲，出身于一个普通的农民家庭，其勤劳、善良、朴素、大方和端庄、稳重应该是她最高的素养，也是最值得赞赏的地方。因此可以说，正是因为有这样的母亲才有了世界级林语堂，这句话一定不假。林语堂的一生受母亲的影响巨大，小时候的林语堂有恋母情结，每天晚上入睡前有玩弄母亲乳房的习惯，直到10岁才改掉这个毛病。据说，结婚前的那一夜，林语堂还请求与母亲同床，可见，母子关系很不一般。也许那天晚上，林语堂意识到以后再也不能同母亲同床睡觉了，所以想再陪伴母亲睡一夜，这就是小时候的林语堂。而林语堂之所以养成这种习惯，从某种意义上讲，就是他母亲肉体的胎盘培养出来的。

进而言之，如果单纯从林语堂母亲肉体的胎盘来论述是不够的，因为他还有一个当基督教牧师的父亲。当基督教牧师的父亲将他的精子射入林语堂母亲体内后，其肉体的胎盘才开始孕育。于是，从某种意义上也可以说，林语堂自从母亲开始受孕时就开始在接受着一种西方基督教文化的浸染和洗礼。当然，这对于林语堂来说是不自觉的，也是别无选择的，也许这就叫命运。尽管

其基督教牧师的父亲体内流的血还是很中国化的，但其潜意识的浸染和洗礼，已经对林语堂的一生产生了影响，说成是人生的一大注脚应该也是准确无误的。不然，林语堂的后半生可能未必会都在国外度过，尽管这和基督教牧师的父亲并没有直接的关系。

第二，从家乡山水的文化胎盘来看，林语堂生于福建平和坂仔镇，他在《四十自叙》中说，"我本龙溪村家子/环山接天号东湖/十尖石起时入梦/为学养性全在兹"。由此可见，家乡山水的文化胎盘对他的影响有多么的重要。对于家乡的山水，林语堂在自传中还说过这样一句话：如果我有一些健全的观念和简朴的思想，那完全是得之于闽南坂仔之秀美的山陵。这样的话不是随便一个人能够讲出来的，而林语堂作为世界级文化大师讲出这句话来，意义更是非同寻常，尤其是山水文化的内涵已经浸入其文化胎盘之中，可见，这也是别无选择的。一方水土养一方人，道理就在这里。当然，还会有更深层次的含义和解读，留待挖掘。

第三，从中西文化结合的大胎盘来分析，自从林语堂的母亲为他提供了肉体的胎盘后，家乡山水的文化胎盘也为他注入了超自然的生命力和中国传统文化素养基因，而这些对于一个世界级文化大师来讲，其实还是不够的，因此才会有中西文化结合的大胎盘这种说法出现。事实证明，林语堂体内，中西文化结合的大胎盘对他影响也是巨大的，关于这方面，可以用他为自己所撰写的对联来解读："两脚踏中西文化，一心评宇宙文章。"这是何等的气魄，又是何等的知识结构和素养才能够做到并且达到，可见，这也是非常人所可以比肩的。

多年来，世界"林语堂热"此起彼伏，即便在当年，他旅居美国、法国以及中国香港和中国台湾时，世界"林语堂热"也同样达到了顶峰，否则，他不会被推选为国际笔会会长和联合国教科文组织副秘书长等职，也不会差点就获得诺贝尔文学奖。据了解，林语堂先生当年对诺贝尔文学奖是缺乏热情的，否则，他获此荣誉应该不是难事。针对此事，有人认为是林语堂先生太过自傲了，不把诺贝尔文学奖放在眼里，也有人认为是因为国难当头的原因，但笔者认为，无论是何种原因，林语堂没有获得诺贝尔文学奖，应该是中国文化的一大损失，并引为憾事。

如今，世界"林语堂热"又在掀起新的高潮，尤其是家乡平和，也开始对林语堂现象产生躁动，这种躁动当然是好事，也是求之不得的。多年来，林语堂备受家乡人民的冷落，其中是有诸多复杂原因的，但无论何种原因，都是历史的一种误会，好在"是金子总会闪光的"，事实证明，果真如此。然而，针对家乡人民的这种变化，我所看到的却是另一种文化思考在沉淀，包括另一种文化正在上升，还有就是另一种文化正在形成历史的必然，这或许就是文化内在力量促成的。

林语堂逝世后，葬于台湾阳明山麓林家庭院后山上。其实，根据他的文化胎盘也可以对此进行深层次分析，也就是说，林语堂逝世后，他的灵魂其实还一直牵挂着的自己的家乡——福建平和坂仔，因为世界上没有任何一个地方比他的家乡风光更美，他的理想化"高地人生观"便形成于家乡的山水。另外，世界上也只有他自己的家乡，才有他永远吮吸不完的母乳，从这个角度来分析，他的父亲为他潜意识所带来的基督教文化，对他而言，只不过是他人生的小注解而已。

从林语堂故居重修说起

福建漳州平和县坂仔镇林语堂故居重修工程前不久完工并对外开放。然而，笔者作为林语堂的同乡人，面对林语堂故居多年来修缮与保护的现实，联想到当前中国传统文化所面临的状况，却产生一种新的忧思。

其一，传统文化的断层。

从某种意义上讲，林语堂故居的修缮是一朵迟开的文化之花。之所以迟开，根本的原因是传统文化断层。当然，这种断层不只表现在林语堂留下的文化遗产上，鲁迅、胡适等新文化运动主要代表人物，甚至更早之前的文化巨人，如孔子、屈原、李白、曹雪芹等身后也如此。

中国传统文化其实已面临一场新的挑战和考验，虽然林语堂的文化主张有其特殊性，但问题的关键并不在于此，而在于后人对传统文化如何继承和发扬。

其二，断层后的传统文化保护。

林语堂故居修缮过程中出现的一些问题令人感慨。在修缮之前，笔者曾问过不少同乡人知不知道林语堂？知不知道林语堂是平和人？竟有许多人回答"不知道"。随着故居的知名度提高，以及当地政府的日渐重视，故居周围的居民开始对扩建占地漫天要价，这让有关机构"相当无奈"。

其实，当地居民要高价符合人之常情，不能怪他们，要怪就怪我们对故居的保护意识不足。

当然，也不止平和一地如此，到目前为止，中国尚缺乏一部完整的保护名人故居的法规。笔者认为，断层后的传统文化保护要重于草率重建。

文化遗产不仅要保护，还要继承、发扬，制定一部与继承、发扬文化遗产有关的法规也是必要的，这样才能在一定程度上弥补传统文化断层留下来的缺憾。

其三，精神家园重建忧思。

笔者踏入文化圈，执笔20余年，能够深切理解并体会家乡人质朴而又善良的情感。那山、那水、那一草一木如此，人也是如此，生于斯长于斯，永远也改变不了。正如林语堂所讲的那样，"如果我有一些健全的观念和简朴的思想，那完全是得之于闽南坂仔之秀美的山陵。"

不过，令笔者深感忧虑的是，由于受到传统文化断层的影响以及市场经济的冲击，传统文化会不会因此被埋没，从此变成古董？如果真是那样的话，那么，现代人的精神家园又该如何重建？当代中华文化的重建是否必须等到传统文化全部被解构以后才能开始？而重建的依据又是什么？没有根，失去传承的文化，它未来的面貌会是怎样的？这一切真让人深感忧思。

此类忧思值得整个民族重视。

林语堂的背影

　　有一次，中国社科院王兆胜博士应邀来平和做了一场林语堂方面的演讲。王博士是林语堂研究方面的专家，他说了许多有关林研究方面的见解，令在场的人耳目一新。譬如王说林先生以前靠写稿赚到的稿费是鲁迅先生的数倍，话音刚落，堂下众人皆更加服了林公。林公是我的乡人。然而，我听后却甚感悲哀。悲哀之一在于，一提到稿费，众人的耳根都灵敏了，眼睛也都亮了许多。当然，笔者如此一说并无他意，无非是感觉到对一个文化人说钱，简直有点儿太那个了，何况是对林公这么一位文化大师。不过，话说回来，人活着首先是人，其次才是文化大师，再次才是超人或神仙可以用不着考虑生活来源，这就是笔者所要说的悲哀之二。是的，林公作为一位国际上的文化大师也不例外，据说，当时林公的主要生活来源就是靠稿费。换一句话来说，林公当时写稿的目的之一有可能也是生活所迫，不得不用文章来换钱。其实，这种事情如果放在今天来说，也许会更觉得很正常，不过，在那个年代也再正常不过了，连鲁迅等一大批文人也不例外。

　　其实，鲁迅之于林语堂或林语堂之于鲁迅到底是怎么回事，笔者并不想在此发表见解也发表不了，历史和文化自会给出公正的回答，再说，自从人类组成社会以来，文化便开始或多或少被阶级性渗透并充满阶级性，这本来也不奇怪，林语堂先生向来站在高地上看人生，看社会的变迁，并主张文化不应以阶级性来划分，但事实证明这种博大的理想是很难实现的，他自己也在现实生活中成为阶级性的牺牲品，尽管他有1万个、10万个、100万个不愿意，但也逃脱不了要"离家"出走的可能性。不过，客观一点来说，林的"离家"出走跟任何一个政党都没有关系，跟任何一个阶级也没有关系，从某种意义上来讲，只是跟他个人的文化精神和处世态度有关，因为如上已说，自从人类组成社会以来，文化便开始或多或少被阶级性渗透并充满阶级性就是这个道理，任何人想否定或改变它都必须付出代价。林语堂先生的不凡和伟大之处也就在这里，难怪他为自己写下"两脚踏东西文化，一心评宇宙文章"的对联，事实上，也正是有了这一宏伟目标，才成就了林语堂先生的昨天、今天和明天，当然，未来一定会更加充满光芒。

乡人林语堂在世界文坛的声誉自然不必多说，王博士有次跟本县一位文化人聊起林公时说，目前他最不理解和最难掌握的是林语堂先生为什么会出生在平和县，还有就是林语堂先生早年生活在平和的一些真实情况，也就是原始资料方面。说实在的，对王兆胜博士的这一说法笔者是能理解也相信是真的，不过，笔者从王兆胜博士的话中明显解读出一种情绪，即似乎不相信甚至怀疑在平和这种穷山沟里而且历史文化渊源并不十分久远的土地上，会出现林语堂先生这样一位世界级文化名人。其实，对于平和这块神秘的土地，林语堂先生在他的文章中已经反复做出了分析和解读并充满感恩之心在怀念这块土地，林语堂先生所谓的高地人生观就是由此生成，看不起城市高楼大厦也就是来自这种质朴的山地情怀，试问，天底下还会有什么比质朴的山地情怀更可贵更厚重呢？可见，平和这块神秘的土地诞生出林语堂先生是很正常的，说不定若干年后，还会出现第二、第三个林语堂也一点儿不奇怪的。关于这一点，笔者相信王兆胜博士定会再深入研究的。

如今，大师的背影虽然远去，但文章的风采以及文化内涵包括影响力却依旧，甚至更见夺目的势头。而此时此刻，笔者在故乡聆听并阅读大师的背影却一次比一次感受到这种力量的凝聚，只是苦于无法更好地为其做点什么，只能写篇文章来略尽绵薄之力，也算是尽了一番心意。其实这也是笔者应尽的责任之一，理由：一是笔者多少也算写文章的人，尤其是目前的处境也和当年的林公和鲁迅先生等文人一样，生活来源主要也是靠赚稿费来维持，虽然笔者的名气不能和这些大师们相提并论，但尽心尽力是应该的；二是多少带有感激之情，因为林公为自己写下的对联里就镶下了笔者的名字，这是一种偶然？一种巧合？一种自作多情或自以为是？其实无论说什么都好，看到自己的名字被大师镶在自己写下的对联里，相信无论是谁，内心里都会浮想联翩的，何况笔者近年来又在海内外发表了大量的评论性文章，偶然乎？巧合乎？自作多情或自以为是乎？也许，换个某人甚至会疯狂起来。还好，笔者自慰还算清醒和理智之人，不至于得意忘形，尽管说出此"玄机"之时，笔者已经高抬了自己。

在故乡聆听并阅读大师的背影，其实是怀着一种瞻仰之情，甚至有一种朝圣之心的，并不是俗气与沽名钓誉的对打。何况林语堂乃非凡人，争议过后必又领风骚，这是现实，相信识趣识机之文化管理者和宣传者都会积极投入，以文化引领经济的发展，乃至成为文化和经济的强县，果能如此真是太好了。笔者也相信沉睡多年的林语堂先生很快就会醒来并回到魂牵梦绕的故乡，而故乡的民众也将开门畅迎并以最隆重的仪式迎接他的回来。当然，这不仅是林语堂先生的骄傲，更是家乡人民的骄傲。在此，笔者同样作为平和人也愿借此机会撰下此文，以追缅和迎驾这位世界级文化大师回乡，当然，不仅为平和人民也为全国乃至全世界各族人民。同时，笔者也希望平和家乡人民都能够拥有林语堂先生的那双聪慧的眼睛和灵敏的思维，尤其是高尚的人格与情怀，而不落入浅薄与狭隘和贫瘠当中。当然，可能的话更愿平和的有关部门和领导能够真正使用手中的这块至宝，让平和和林语堂先生一起走向世界迎接未来。

圣人的局限

　　人人都有局限，圣人也不例外。不过，圣人的局限不一样，足以影响历史和民族的命运。普通人的局限只影响自己，或一小部分人。因此，圣人的局限是很可怕的。不过，这也是没办法的事。谁又能超越一个圣人的局限呢？

　　在历史上，康熙皇帝算得上是一个圣人，因其称得上是一个开明的君主，并且开创了一个国家盛世气象。尤其是他大胆引进西学，让百家争鸣的做法，在当时绝对是十分了不起的事情。不过，很可惜的是，他很快又禁止了西学，不允许百姓研究西学，只把西学当成个人的兴趣，这就是他的局限，也就是圣人的局限。

　　那么，康熙帝为何要禁止西学呢？说穿了，他是怕西学影响到他的帝皇根基和万世基业。在康熙帝的内心深处，是想把皇帝根基当成万世基业的。其实这本来并没有什么不好，他错就错在不该禁止西学，否则，他就是名副其实的大帝了。

　　在康熙帝的眼中，西学要命之处在于开启了人类太多的想象空间，让世界变成缺少神秘感，如此下去，每个人都去研究西学，那国家要怎么治理呢？因此他就下决心严禁百姓研究西学。其实，他自己是非常痴迷于西学的。

　　据载，康熙帝对于几何学原理的熟悉程度几乎可以和他的洋老师们平起平坐并且互相探讨问题，可见他对西学，尤其是数学已有很深的造诣，那么，他为何会拒绝科学进入寻常百姓家呢？这是人们最感好奇的地方。

与康熙帝是同时代的西方人，有一位了不起的人物，他就是历史上著名的物理学家——牛顿。康熙帝与牛顿都是热爱新知识之人，但牛顿把新知识当作学科进行研究和使用，而康熙帝只是把新知识当成一种兴趣，或者说，只是出于一种个人爱好而已，并不想把它深入进去，因为他对新知识产生了一种矛盾心理，一方面充满兴趣，另一方面又充满敬畏，所以拒绝了新知识的进入。因此可以说，后来的中国在科学方面之所以落后于西方发达国家几十年甚至上百年，和康熙帝有关。尽管今天的中国科技已经奋勇前进，但不等于康熙帝当年的做法是对的。

说到这里，我忽然想到一段野史。据说，孔子对不懂的东西包括学问总是采取拒绝的方式，直到弄明白怎么回事才敢尝试，于是就发生了这样一件十分有趣的事情。据说，孔子对豆芽的生长方式很不理解，又苦思不得其解，因此不敢吃豆芽，但他为了弄明白怎么回事，家里就养了许多豆芽，然后每天观察它的生长和发育状况，还常常半夜起床，挑灯细察，为了怕灯光太亮影响豆芽生长和发育，还用一层纱布遮挡，以免光线太亮伤了豆芽。

当时孔子的名气已经响遍全球，而西方许多国家还没有诞生，个别国家建立了，也因为缺少文化的启蒙而发展不起来，思想的困惑和蒙蔽是最痛苦的一件事情，尤其是处于心智似启未启阶段更加痛苦，因此纷纷有人慕名而来，欲图向孔子求学。然而，当时的孔子或者是厌其太烦，又或者是有意不想传授给西方国家有关中国的文化，所以常常是闭门不见，或者干脆躲开，不见来使。可是，这些来使或者是求学意志坚定，又或者怕学不到知识回去无法交差，于是就苦求于孔子，正如学武之人苦求师父收为门徒一样，跪倒在孔子家门口，可是，孔子还是爱理不理，视而不见。日子一久，那些人干脆就跟孔子磨上了，孔子走到哪就跟到哪，还将孔子的一举一动和兴趣爱好，包括生活方式都详细记录下来，准备拿回去研究。

有一次，趁孔子不在，有几个西方人就故意登门拜访，目的是要观察孔子家里的情况。孔子的夫人不知详情，热情接待了他们。不过，那几个西方人发现孔子的家居其实也很简陋，根本没有什么可学之处。其实他们不知道，孔子早有先见之明，知道这些西方人迟早有一天会登门拜访甚至闯进来，早把有价值的东西收藏起来，不让他们看。那几个西方人自然很失望。不过，正当他们要扫兴而回时，突然，有个人发出惊喜的声音。原来他发现了孔子摆在地面上和水缸上的盆盆罐罐，里面长满了豆芽。他们好奇心大起，认真观察，仔细研究，不知道那是什么东西，但坚信那些豆芽肯定和孔子的满肚子学问有关，于是就求孔子夫人要一些豆芽回去。孔子夫人想，反正那些都是些不敢吃的东西，有些很快就没用了，不如就给他们一些。那几个西方人简直如获至宝，兴高采烈抱着一缸豆芽回去。不知过了几百年，西方的豆芽文字就产生了。据说，这些豆芽文字就是来自孔子夫人给他们的豆芽所获得的灵感。而这些豆芽文字自然就是现在的英语了。

现在暂且不去管以上这段野史可靠不可靠，也不管这种说法有没有反讽乃至自我反讽的味道。我也不想知道，当年康熙帝是不是受孔子以上野史的影响，或者完全是两回事。我只想知道，当一个苹果掉在牛顿的头上时，他研究出了万有引力，而康熙帝在做什么？他又在想些什么？难道他仅仅只是对这种研究充满好奇吗？他不允许百姓研究和学习西学，到底是历史的误会，还是某种宿命在起作用？孔子是当之无愧的圣人，但不知康熙帝是否受孔子的影响，对不懂的东西只是充满好奇？果真如此，康熙帝就没有走出孔子豆芽的阴影，这是很可悲的，甚至可以说是一种过错。其实，康熙帝的过错并不在豆芽，也不在牛顿定律，而在于他自己对新知识所产生的敬畏。其实一个人对于某种东西产生敬畏本身并没有错，错只错在其不该把自己的敬畏转嫁到别人的头上，尤其对于一个帝王来说，更不该如此，否则就是一种过错，而且可能错成千秋遗恨。当然，作为一个帝王来说，其本意应该是好的，且是为整个国家和民族着想的。然而，任何一个时代都有自己的局限性，今天的不理解乃至困惑或者敬畏并不等于永远，任何事情都有被超越的一天和其他可能，因此，善于做出正确而且客观的判断才是最重要的。尤其作为一国之君更应该具备一种超时代的能力和胸怀，否则容易犯下过错。

不过，据介绍，康熙帝对于法国科学家巴斯加于 1642 年发明的手摇计算机爱不释手，下令传教士为他仿制并获得成功，尤其是天文望远镜，更让如获至宝，摆放在自己的房间里，轻易不肯让人使用。令人大出意外的是，1715 年，康熙帝突然下令禁止在科举考试中出现任何与天文历法有关的内容，也不允许主考官和考生涉及这些内容，并且提出"节取其技能，而禁传起学术"的基本原则，就这样这些近代科技成了康熙帝自己一个人的业余爱好，岂不可悲？也许，康熙帝这样做有他自己的想法，但无论如何，历史发展到今天，已经可以清楚地看到一个圣人的局限。或许，这就是康熙帝。或许，他的开明已经改变了历史。或许，他的局限也已经影响了历史，而今天，我们只能客观地面对历史和所有的一切。

果树的信仰

从小生长在城市的人总把高楼当成了山峰，而从小生长在山里的孩子总把山峰看成了高楼。表面上，这种逻辑近似荒唐，实际上这是一种宿命，人类的悲哀和目光短浅也许就体现在这里，情感的漏洞和急需得到弥补的原因也就在这里。

我自小生长在山区，自然把山峰看成了高楼，这是我的宿命。不过，我并不认为这有何不妥之处，也与目光短浅无关。在我的潜意识里始终认为，只有山峰才是真正的高楼，而城市里的高楼只不过是人类文明的一张缩影而已，我庆幸自己是个自然之子，血肉和灵魂深处有着一种对大自然天生的崇拜与信仰乃至敬畏。事实上，我的头脑里始终有一种漫无边际的念头，相信这是自然之母赐予我的天赋。有时，我在雨中吮吸大自然的香味，总会感觉到一种超自然的能量贯穿全身。每当这时，我总是那么自信，那么充实，我的信念完全来自大自然。

我曾去过一些城市，知道人类的文明确实也很伟大，但是，人类的文明毕竟是人造的文明并且是后来的，缺少大自然博大的胸怀和魅力，尤其是那勃勃生机，更是人类文明所无法达到的。换句话说，人类的文明再伟大也没有大自然的伟大。人类文明再闪光也不可能与日月相提并论。当然，这只是一种喻旨。而我之所以会对大自然充满崇拜与信仰乃至敬畏，主要是因其生命力太强，繁殖能力太旺盛，它不仅能够哺育人类，还能够哺育地球，乃至保持着大自然的生态平衡，并让人类得以安居乐业并繁衍不止，这是何等的伟大和不可替代，简直超乎想象。

我所居住的山区，也就是生我养我的故乡土地上，生长着一种果树，这种果树生育能力很强，就像自然之母特意赐给家乡人民并通过家乡人民勤劳与智慧之手培植出来一样，每年这种果树都会结许许多多的果子，然后销往世界各地，因此获得普遍的喜爱和赞扬。正因为如此，它已经成了家乡人民的黄金果，并成了发家致富的金钥匙。如今，这种果树在家乡土地上漫山遍野疯长，希望的曙光也就因此年复一年出现。每当收获的季节来临时，家乡人民的喜悦总是挂满枝头，而闪动在树枝上金灿灿的不只是阳光，更多的是家乡人民对土地对自然界的感恩和对来年的希冀。当然，让我感动的远不只是这些，脚底下这块土地创造出来的神奇与奇迹也远不止这些，更多联想和想象还在后头。

早在多年前我就开始好奇，家乡的土地上竟有一种特殊的风俗与习惯，并充满诗情画意：只见每年开春的季节，也就是果树又开始发育的季节，家乡人民就会纷纷提着一个红篮子，里面装着糖果和纸钱还有香火，上山去拜果树。她们会在自己的果园里找到一株最老的又生长得最茂盛，每年收获果子又最多的果树，然后将里面的祭品拿出来放在树头，接着就开始烧香，口中默默祈祷来年再获大丰收并卖出好价钱。有的人还会在那株果树下设一个简易的小庙，类似于土地神庙一样，里面供奉着一尊神。其实那并不是一尊神，而是该果树的先祖——西圃公。当然，也会拜自己果园里的土地神，表情同样虔诚并充满期待。

这幕情景不但让我深感震撼，还感到另一种力量的存在，其实历史早已经证明，当一种果子上升为某种信仰时，其力量和震撼力是无处不在且防不胜防的。然而，当眼前的一切已经被完全展现出来时，人们不得不相信，一个地方的民俗习惯也会随之发生根本性的变化，从而加入新的注解和思考乃至阐释，而这或许正是民间信仰与时俱进的体现方式。从地理位置来看，平和地处闽、粤交界之处，是一个偏僻的山区县，又处于农业社会向商业社会的转型阶段，因此，农业是其信仰的主要根源和变化依据，从而生产出一种足以上升为信仰的果子也就自然而然。实践证明，改革开放30多年来，平和人民通过自己的勤劳和努力确实已经让家乡发生了翻天覆地的大变化，而其大变化的依据就是来自以上所说的那种果子，那种果子的注册名称就叫作：平和琯溪蜜柚。该产品已获得中国驰名商标称号，而福建省平和县也因此被外界称为"世界柚乡，中国柚都"，美名传遍天下。

然而，有关西圃公的史料记载并不多，其实这也难怪，在当时，西圃公只不过是一个十分普通的乡下农民而已，历史是不会记载这种小人物的。我是从李氏家族后人口中和族谱里听到和看到以下记载的：李公西圃，名如化，字可平，生于嘉靖七年，系侯山李氏一世祖居士公的第十八代孙，其平时喜欢种植和培育各种各样的花卉和果树，只要能培植的他都会千方百计把它种下来，再进行试验。平和琯溪蜜柚就是在这种很偶然的背景下被他培植出来的。他也就这样成了培育琯溪蜜柚的第一个成功者。如今，平和县已专门为西圃公建立一个纪念馆。

具体事迹是这样：1550年夏季的某段时日，天空连降多日暴雨，导致山洪暴发，西圃公的果园处在河边，因此全部被洪水冲毁，洪水退后，西圃公到果园一看，发现心爱的果园已几乎毁坏殆尽，心疼不已，接着他发现还有一株柚树没被洪水冲走，但也已经瘫倒在地，于是小心把它扶起，重新用土培好。秋天到了，那株被重新扶植起来的柚子树，竟然还结出几个又大又灿若金黄的柚子，西圃公十分高兴，将其剥开来，发现果肉晶莹透亮如玉，而且肉瓣中无粒子，不同于其他柚类产品，吃起来像蜜一样甜，西圃公更加满心欢喜。西圃公还发现，原来受损的树枝经培土后竟长出新根，于是他突发奇想，便在来年开春将生根的枝条锯下来，进行分植，奇迹就这样发生了。西圃公又成了第一个懂得用分植技术种植柚子树的人。这种柚子也就这样被后人传下来，不过，也经历过多灾多难几次濒临灭绝，所幸每次都能够从绝处逢生，从而创造出今天的奇迹，这是没有料到的。

不过，据清代学者施鸿葆在《闽杂记》一书介绍，最早的琯溪蜜柚叫"平和抛"。他说，"品闽中诸果，荔枝为美人，福橘为名士，若平和抛则侠客也。"此中的平和抛即是现在的琯溪蜜柚。而如今的平和抛，也就是琯溪蜜柚已被平和人民视为"黄金果"，这是事实。我国园艺学科奠基人、著名果树园艺学家吴耕民教授生前这样解释：平和琯溪蜜柚"果大皮薄，瓤肉无籽，色白如玉、多汁柔软，入口溶化，不留残渣，清甜微酸，味极永隽，可列为柚类之冠"。此言不虚。

说到果树的信仰，也要回过头来再说一说平和琯溪蜜柚的原产地。平和琯溪蜜柚的原产地在平和县城城郊的西林村，也就是现在平和一中的大门口附近。当年西圃公种植柚子树的地方，附近有条小溪，名叫琯溪，这条溪流经溪园汇入九龙江西溪，于是，后人就将原来没有名字的柚子称作琯溪蜜柚。有趣的是，也是耐人寻味之处在于，这种后来被称作琯溪蜜柚的果树，种在原产地和种在别的地方就是不一样。从果肉到果皮乃至味道都不一样。原产地的果皮不仅同样滚圆灿若黄金，而且底部原来开花之处有个圆圆的印记，别的地方生产出来的就没有，这是其一；其二，果肉不仅晶莹透亮如玉无子，而且用粗纸包起来，果汁也不外湿，别的地方生产出来的就不可能做到。我想，这可能和水土有关。果真如此，也许，一块土地的神奇就出现了。果树的信仰也因此而诞生了，香火开始弥漫。

平和琯溪蜜柚的原产地附近有座侯山宫，主神是赵公明元帅，俗称武财神，香火也是十分旺盛，尤其是每年春节期间和玄坛元帅诞辰（三月十六日）期间，宫庙都会举行大型民俗文化活动，有"迎神""演戏""结彩楼""迎龙艺"等传统项目，也有新的项目介入，譬如举办闽台服装、饮食、商贸等活动，热闹非凡。有意思的是，活动其间家家户户门口都挂着一盏用琯溪蜜柚皮做成的"蜜柚灯笼"，形成了一道独特的人文风景和民俗文化现象。这也正是果树的信仰形成的原因和神秘之处，同时也是带给人们思考以及无限想象空间的地方。

说到侯山宫，说到果树的信仰，还要说起一段十分有趣同时也是比较可信的典故：清乾隆年间，有一天，侯山宫迎来了一位不速之客，此人正是当朝蔡太师。蔡太师（蔡新）福建漳浦人，也算是半个平和人，因其母亲是平和坂仔人。蔡太师告假返乡，游灵通山途中，听说平和县城附近有个很出名的宫观，名叫侯山宫，热闹非凡，于是便慕名而来，但没有人认识他。蔡太师是微服前来，不想惊动地方官员，当他走进侯山宫时，看见宫里已是香客云集，人头攒动，挤得连路都难走。不过，他还是挤进了人群，慌得几个随从不知所措，蔡太师特意嘱咐随从，不许惊扰民众。挤进宫里后，蔡太师看见神坛上供奉着的财神爷玄坛元帅正是他所敬仰的赵公明元帅，不由也焚香礼拜，虔诚之至。礼毕，他发现供桌上摆着许多柚子，果大如斗，黄澄澄的，见所未见。于是就问旁人，"此是何地所产的柚子？"旁人见问，答曰："这是本地柚子，产于琯溪，叫琯溪蜜柚。"这个时候，宫中庙祝有人竟认出了蔡太师，赶忙上前，把蔡太师请入客房，然后，剥开了柚子请蔡太师品尝。蔡太师拿起其中一瓣，左看右看之后，剥开果肉吃了起来。柚子未入口中，其色已诱得人唇齿生津，等他尝了那瓣果肉后，禁不住胃口大开，又连续吃了好几瓣，恨不得立刻把整个柚子吃完，看着桌上还剩下几瓣本想再吃，无奈肚子已饱。这时，他见几个随从在旁边垂涎欲滴，笑了一下，有点儿舍不得的样子，送给他们每人一瓣，那几个随从拿过来一吃，简直就像猪八戒吃人参果一样，后悔吃得太快了。蔡太师笑了起来，大赞叹此果不凡，不亚于人间仙果。意犹未尽，蔡太师遂问起此果由来。庙祝告诉他，"此柚是我西山西圃公培植出来的，距今已有百年历史。"蔡太师一听，更加饶有兴趣，一边听庙祝把西圃公的故事讲完，一边颔首感叹，神情中也对西圃公充满敬佩和怀念。

临走时，庙祝送了几颗柚子给他，他也不推辞，欣然接受。蔡太师回到漳浦，舍不得把其他柚子吃完，只留下两个给家里人吃，另几个准备带回朝廷。他想，这次回乡已超过期限，回到朝廷，皇上说不定会怪罪，虽不至于惩罚或扣薪资，但让皇上说几句总是免不了的。蔡太师在朝廷算是大红人，皇上怪罪他并非因为严苛，而是只要有几天不见蔡太师，心里就会闷得慌，总喜欢跟蔡太师说说话。这一点，蔡太师心中自然十分明白，但为了讨好皇上，蔡太师决定留几个琯溪蜜柚给皇上品尝，他相信，皇上只要吃了这人间仙果，便会把其他怨言抛到九霄云外。就这样，平和琯溪蜜柚被蔡太师带进宫中，让乾隆皇帝品尝。

有一天早朝后，乾隆皇帝叫住蔡太师，说道：

"蔡爱卿，请留步。"

"万岁爷有何吩咐？"

"你家乡生产的那个柚子果然是上乘佳品，堪称人间仙果。朕吃了它以后，不仅觉得味道甜美，而且太医医治不好的老毛病也好了，朕要重赏你。"

"谢皇上隆恩。"

"朕要赐它为'贡品',爱卿以为何?"

"下官替家乡父老谢皇上隆恩。"

......

从此以后,平和琯溪蜜柚正式被列为朝廷贡品,并留传后世。

不过,有关平和琯溪蜜柚之所以会成为朝廷贡品的典故,还有一说。据传,清乾隆年间,丙辰科进士侯山后人李国祚擢迭江西萍乡县令。有一年,他携带家乡名果琯溪蜜柚赴杭州访友,适逢乾隆皇帝下江南。一个偶然的机会,乾隆皇帝品尝了琯溪蜜柚,连称极品,龙心大悦,遂降旨侯山李氏发进百粒蜜柚为贡。也有另一种传说是这样的,那年乾隆皇帝下江南至江西时偶感风寒,犯结肠炎,无意中吃到李国祚带去的琯溪蜜柚,结肠炎立解,于是龙心大悦,即降旨"江西人氏平和县令发进百粒蜜柚为贡"。之后,同治皇帝因喜吃琯溪蜜柚而赠"西圃印记"印章一枚及青龙旗一面,作为贡品标记,并下令所有琯溪蜜柚为贡品,其他人不得私自摘取。每年琯溪蜜柚生长出来时,必派专人来清点柚子并做标记。正因为如此,清朝灭亡之时,琯溪蜜柚也几次濒临灭绝,真是一言难尽。

另外据说在国民党时期,琯溪蜜柚也几次遭到灭顶之灾,所幸还是逃过劫难。其中有段经历是这样:由于在清末时期,琯溪蜜柚遭到毁灭,仅剩下的个别苗种被李氏后人偷偷移种否则就毁灭了。后来,被国民党省政府知道后又下口头禁令,再次列为禁品,必须如数上呈省政府,也相当于"贡品"。可是,常有地方恶霸或土匪不顾省政府"禁令"持枪强抢,因此,几次又濒临灭绝,真是多灾多难。

解放后,一直到改革开放之前,琯溪蜜柚几乎被遗忘了,后来,幸有一个李氏后人听到某专家的一席话而顿生重新种植琯溪蜜柚的愿望，于是承包了两亩地开始种植，后来就引起了当地政府的注意和重视，不久之后，一场轰轰烈烈的开山种果运动就拉开了序幕，而且，参与这场运动的人数和对象绝非仅止于农民，政府部门的公务员也几乎人人卷起袖子，扛着锄头上山，可以说和当年"大跃进"相比有过之而无不及。如今，平和琯溪蜜柚不仅是当地政府的支柱产业和拳头产品，还是当地百姓发家致富的金钥匙，世界各地品尝到平和琯溪蜜柚的人也越来越多了。可以相信的是，未来的平和人民一定还会在该产品上继续创造更多奇迹。

如今，每逢琯溪蜜柚丰收季节到来之时，侯山宫更是人山人海，"蜜柚灯笼"穿梭不停，一张张笑脸藏在灯笼背后，浓浓的乡情、乡音写在脸上挂在心头，民间信仰的香火弥漫在周围，默默祈祷的话语当中充满祥和的气息和氛围。此情此景，我相信，每个来到这里的人都会受感动。让我备受感动的是，当一种果子在有意无意中上升为某种信仰时，其内在的张力已经呈现，并正在以一种汹涌的姿势勃发，这又是怎样一种愿望的实现，相信每个平和人内心都会想得更多。但愿这种果树的信仰能够上升为一种勤劳的象征，并体现出更新更古老的民族精神。

处处飘满茶香的山村

最初的茶是神农氏品尝出来的。当第一片茶叶脱胎换骨的时候，人类才有了喝茶的愿望和梦想，而当一株株茶树站成风景时，山野阡陌上便有了一群群采茶姑娘在那边欢歌笑语，山水的浪漫与沁人心脾的茶香就这样浑然一体了。

记得，一代文豪林语堂先生曾说过：中国人只要一壶茶走到哪里都快乐。林语堂先生是平和人，而平和又是盛产茶叶的地区，难怪他会成为"茶仙"，一语就道出了茶的神韵和精髓，令茶香从牙缝和每个毛细孔沁入，这是怎样的境界？

然而，真正的好茶并不是那么容易生长出来的，只有好山好水好人情，才有可能吸收天地之精华，从而培育出上乘的茶叶。享誉海内外的平和"白芽奇兰茶"就是这样被掀开了红盖头。不过，据了解，最早的白芽奇兰茶是用粗纸包起来的，然后在外面盖上"彭溪茶"的印章。那个时候，彭溪茶还不叫白芽奇兰茶。如今，白芽奇兰茶已走遍全世界并为世人所熟知和热爱，这就是土地的神奇。

说到彭溪茶，也就是白芽奇兰茶，不能不说到它的原产地——平和县崎岭乡彭溪村。正如说到树木不能不说到土地一样。崎岭乡彭溪村地处平和东西半县交接处，以前到西半县去的路程很不好走，没车之前的暂且不说，有车之后，当车子在山岭上蜿蜓时，远远看过去，就像一只甲壳虫爬行在高高的藤条上一般，惊险无比。如今，沙土飞扬的崎岖山路已被平整下来，并成了宽阔的水泥路，坐在车子里往外看，再也没有以前那种面临悬崖绝壁的紧张和恐惧感了。

不过，要到白芽奇兰茶原产地去，还是必须经过大协关隧道。几年前，只要说到大协关就会让闻者生畏，因为那时隧道尚未开通，山路崎岖，惊险万分，是事故的多发地点。如今，隧道从大山腹部穿过，天险顿时被化解，不过，却也有另一种神秘从心底下萌生。有人说，福建隧道之多就像老鼠洞一样，刚钻出这座山又进入另一条隧道，令那些初来乍到的人，心情一惊一乍的，这种说法不无道理。其实，这也从另一个侧面反映出人类对大自然的敬畏，历史证明，人类总是在痛苦中挣扎并试图逃离大自然的威胁，可是又无法实现愿望，偏偏又总是在挣扎与逃离的过程中创造出另一种神秘，人与自然不可思议之处即此。

崎岭乡彭溪村是个非常有诗意的地方，其在海拔近 600 米的半山腰处，而生长茶叶的地方，都是在海拔 1000 多米的山巅上，可见确实是天然生长茶叶的地方，只见风起处白云萦绕如梦如幻，晨露沾在绿油油茶叶上的惊喜更是令人意想不到的。清风徐来，山野的个性展露无遗，空气中到处弥漫着茶香的那种感觉更加奇妙，令来者闻之顿时神清气爽精神焕发。我是在不经意间闻到这股香味的，尽管在来之前我已知道崎岭乡彭溪村是白芽奇兰茶的故乡，但具体情况却不知情。同行中有一位友人是本村人，他可能是因为从小到大沉浸在这茶香当中，早不把缕缕茶香当意外了，所以他也没有事先介绍。或许，他是故意留给我们意外和兴奋的空间的，果真如此，他就太有"心计"了。不过，那天他既当司机又当导游，还一路安排食宿，每个细节都安排得天衣无缝，实在难得。

处处飘满茶香的山村
chuchupiao man chaxiang de shancun

梦幻中的茶香就像飘在山腰处悠闲的云雾，令人赏心悦目之余还会有意外的惊喜。其实车子还没进入彭溪村时，我就已经闻到了诱人的茶香。当车子在村子里的一座土楼前停下来后，同行的几个艺术家便开始四处寻找兴奋点，然后就听到相机不停"咔嚓——咔嚓——"的声音，其他人的脚步跟在后面，踏响了整座山村，不时惹来村人好奇的注视目光，山村人的热情好客是没得说的，每一张笑脸都是一句温馨问候语。而我刚打开车门，马上就被一股热气簇拥，仿佛好客村人的热情，不仅如此，我分明在这股热气中闻到了浓浓的茶香，令我十分好奇。

虽然我自知非茶中好手，但那浓浓的茶香还是深深吸引着我，一下车我便走进巷道寻那茶香而去，一边探头探脑，往各家各户门窗里瞅，幸好是一行多人，村人一看便知是来采风观光的，不然定被疑惑。很快我就发现，这个村庄每家每户都有一个小工厂，里面有个小锅炉，难怪这里的气温会比别处高一些，按理山村的气候应该是比较清凉的。紧接着我知道那茶香并非飘自某一处具体的点上，而是飘自彭溪村的每家每户，或从大门或从窗口或从墙壁的缝隙处飘出来。我想，如果那些土墙也会呼吸的话，吐纳之间呵出来的气也一定是盈满茶香的。于是，我开始在心里描摹着这块土地的神奇和风土人情，这也是我收获到的第一印象。

经常在外写生的艺术家们个个都是走村闯巷的"老江湖"，跟在他们后面我不时探头探脑，刚走出这家又闯进那户去看村人制茶、拣茶和晒茶，还拍了许多照片，真是太好了。借此机会，我再次领略到山乡人纯朴的情怀和融入大自然的气质。只听门"吱——"的一声开了，从屋里走出一位清瘦的中老年人，一看就是个制茶高手，交谈之下，果然满口茶经。崎岭乡彭溪村不愧为"白芽奇兰茶"的原产地，果然是户户有茶香，户户有工厂，

132

户户有技术员，这是让人意外的。

听说山上有个茶园风景很优美，于是大家兴致勃勃就赶到那里。当车行至半路时，遇上了一位村妇，穿着暗红色花格子外衣，皮肤黑里透红，一看便知是长年的日光浴晒出来的。她看见我们的车子来，主动退到路边，友人降下玻璃窗，刚要和那位村妇打招呼，她却先开口了。

"是你呀，何时回来？也要上山哪。"

"是呀，你要上山做什么？"

"采茶呀。"

"今年收成好吗？"

"一般啦，开春被霜冻了一下，不然就好了。"

"价钱怎么样？"

"今年价钱比往年好些。"

"哦，可以补回来吗？"

"可以。"

"那就好。我们先上了——"

"好。有空来家里坐。"

……

车子很快就把那妇人的声音甩在后面，但我从那几句简单的对话之外，还听出了山乡的另一种朴素的情怀和浪漫，温馨与亲切更是无以言表。

不一会儿，车子就来到了茶园，该茶园就在海拔千米处的山坡上，站在那里向四周远眺，景色果然美不胜收，梯田式的茶田次第展开，绿油油的好看之极。还可以看到许多村民正在梯田上采茶，采茶机的声音在耳边嗡嗡作响。这情景不由让我想到过去采茶姑娘背着竹篓在山上采茶的辛苦，如今的设备比以前先进多了，再也不用那么辛苦了，可是却仿佛少了几许浪漫，这是没有想到的，不过，仔细一想，其实也很正常和必然，何况，新的浪漫正在延伸。

中午就在茶园用缮，过后我们到附近的一座原生态森林里去游玩，该森林离茶园只有几百米远，虽不很大，但里面有侏罗纪时期的恐龙食物桫椤，目前已被列为县级保护区。这座小小的原生态森林环境十分清幽，进入林区，鸟声阵阵，欢愉舒怡，空气也十分清新，竟没半点原始森林的腐霉味。在林区里，我们遇上了一位老人，他坐在路边的树墩上乘凉，那悠闲的样子简直可以与萦绕在山间的云雾为伍了，超然的神态令人称羡，人生若此，夫复何求。

在山林里，我惊异于其中的每一棵树木，我不由一问：何以这里的树都生长得如此笔直而挺拔？没想到话刚出口，同行中的一位女艺术家马上得到了启发，脱口而出，说了一句颇有哲理的话来，她说："这些树是因为没有受到委屈而生长得笔直。"是呀，这句话说得多好。如果每棵树木都能不受委屈多好，进而言之，难怪这里的茶香会如此独特，性灵的山水已经把自己的品性沁入茶香里了。

临离开彭溪村时，我又回望了四周，只见崎岭乡彭溪村是在著名的大崟山脚下，左有湖美山，右有烘炉耳尾山。于是我想，地理上的巧合也是天意吗？把采下来的茶叶放在烘炉上烤焙能不香气弥漫吗？湖美山无疑给人们留下许多联想和想象。继而又想，有茶香的地方就会有梦想，那么，被温度升高了的崎岭乡彭溪村，未来的梦想会是什么？或许，性灵的山水也已经泄露出了玄机。

祈祷和追求

从前有座山，山里有座庙，庙里有个老和尚在讲故事……

每当听到这首民谣，儿时的记忆便会随之闪现在每个中国人的脑海里。虽然它浅显直白，甚至不乏概念上的乖谬，但它却用想象的画笔，勾勒出这样一种虚幻而又真实的意境——白云缭绕的大山深处，古柏掩映着古刹；深沉悠远的钟声里，一位龙眉皓首的老僧端坐于禅房，用他声若洪钟的嗓音，讲述着一个年代久远的故事……

这里讲述的就是一座庙和一个老和尚的故事——

闽南著名的三平寺，坐落于一代文化大师林语堂的家乡——福建平和境内。群山之中，绿竹掩映，云雾缭绕，若隐若现。千百年来，钟声悠扬，香客云集，香火绵绵不绝，缕缕寄托着俗世的愿望与旷世的祈祷和追求。

不由你不信，不管你是外地人或是本地人，只要你留心，走进闽南地区，不难发现这样一个独特的现象——几乎所有机动车的驾驶室，都悬挂着一尊金光闪闪的佛像——祖师公。人们坚信，祖师公会保佑自己消灾免难，一路平安！

还有一种传说，到三平寺拜"祖师公"的人，不论远近，同样很灵验。

三平寺中，供奉的主神是广济禅师，俗称"祖师公"，亦即义中禅师。他的一生不仅浓缩着一部完整的中后唐佛教史，而且他惩恶扬善、除魔降妖、造福百姓的历史传奇，更成为千古民间美谈并广为流传。应该说，他的威望和影响力丝毫不逊于海神妈祖，尤其他是六祖惠能的第四代弟子，继奉着佛教南禅正宗。

千百年来，始终鼎盛着的香火，似乎已说明了一切。据悉，目前已影响到世界 32 个国家和地区，每年有 60 万以上人次前来朝圣，更迎来了不少各级党政领导人的关心和支持。三平寺内外，处处留有他们的足迹、身影以及芬芳。而这一切，无不代表着一种传统文化的向心力和凝聚力。

所以，平心而论，祖师公文化已影响到海内外，并形成一种信仰。而这种信仰已经无法用简单的语言加以描述，需要也只能用心去感悟、体察、找寻那种旷世的感觉、热情与表达，并用多种形式去加以宣传、弘扬与阐释。

纵观中国佛寺和山水，其实也是一样。

山，因寺而名，寺因高僧而香客络绎不绝，梵音悠扬。

当代佛学大师赵朴初居士曾说："我国古代许多僧徒们艰苦创业，辛勤劳作，精心管理，开创了田连阡陌、树木参天、环境幽静、风景优美的一座座古刹大寺，装点了我国锦绣河山。"

画家叶浅予也以诗为赞："人言名山僧占尽，荒山废寺谁问津？若非和尚勤维护，何来天目古杉林。"清朝乾隆皇帝更以"世间好话佛说尽，天下名山僧占多"的名句加以赞颂，可见，名山与寺院，佛教与社会的和谐令人敬畏和信仰。

佛教的理论是缘起论。所谓"缘起"即互相依存，求同存异，用一个字来表达就是"和"。和是慈悲、智慧、平等、安详；和是承认、尊重、感恩、圆融；和是人心向善、家庭和睦、社会和谐、世界和平；和是和而不同、互相包容、求同存异、共生共长；等等。总之，和之精神、内涵、基础令人鼓舞和向往以及追求。

事实上也是如此，在祖师公文化当中，最主要部分就是和谐理念、人与自然密不可分的关系，而这又是与现代社会的节奏十分合拍的，因此，非常值得深挖和信仰。更何况，名山、古寺、高僧本是传统文化中最富神秘色彩的叙说载体。

平和是一尾鱼

平和是一个很道家的词汇，也是一个很佛教的用语，同时是一种很儒家的说法，就像"中国"这个名词解释一样，很中庸，很雍容和大度。当然，讲究的是一种心境，是一种处世的态度和人生观的体现。但是，在这里我所要讲的平和，是一个地名，一个山区县城的名称，一个生我养我的地方。这里的山水养育了我，才有我的今天，因此，我必须要用深怀感恩之心，写下这篇文章，以飨读者——

记得，《荀子·强国》中说："其国险塞，山林川谷美，天材之利多，是形胜也。"这是古人察看一个地方的经验之谈。所谓形胜，如是所言。晋代张载在《剑阁铭》中也说："一夫荷戟，万夫趑趄，形胜之地，非亲勿居。"可见形胜是多么的重要。进而言之，形胜是专门针对一个地方所占据的先天优势，其中包括历史、地理、人文和环境资源等。平和是九龙江和韩江的发源地之一，这是事实。

九龙江西溪和韩江的水都发源于平和的双尖山。一条从东北部，一条从西北部奔流而下。一条从北往南流经南靖县汇入九龙江西溪，一条从北向南流经广东大埔三河坝汇入韩江，因此，双尖山就成了九龙江西溪和韩江的发源地。有水的地方必定养鱼，有鱼的地方必有鱼地，何况，平和是两大水系的活水源头。

很久以前，曾听过不止一位地理先生讲，平和双尖山那有一块鱼地，常年被云雾笼罩，每年只有一个时辰可以勘验地穴。古往今来，不知有过多少位"地理仙"费尽心机和精力想要得到这块宝地，但都无法实现，原因有多种，主要是可以勘验的时辰太短了，总是在关键时刻罗盘就乱了。据说，谁要是得到这块鱼地，其后世子孙必定飞黄腾达，甚至位及至尊。当然，这只是民间传说，不足为凭。

平和民间有个传说，旧县城——九峰镇，是一块鲤鱼地，这个说法早已家喻户晓。还有，位于九龙江下游的漳州市政府所在地，据说也是块鲤鱼地。由此看来，平和是一块鱼地是可以成立的，至少已经有了一定的理论依据，还有各种各样的民间传说作为佐证。从人的角度来讲，既然平和是块鱼地，那么，平和人就是一尾鱼了，不然，难于自圆其说。古人云："适者生存。"所讲就是这个道理。

平和民间也流传着这样一句话，"平和鱼出了洪漱口就是一条龙。"这句话其实已经说出了平和人如鱼的个性和某种宿命。千百年来，平和人潜意识里就有这种情结，也一直这样努力奋斗着。事实上，平和鱼有两种，一种是顺流而下的鱼，也就是出了洪漱口就要变成一条"龙"的那种，另一种是逆流而上的鱼，也就是要来九龙江和韩江源头冲水的那种。鱼和人一样，都有一种喜欢冲浪的干劲。

先说后一种吧，据《平和县志》载，唐代高僧——义中禅师，是平和历史上第一号人物，实际上其影响力何其之大，非三言两语可以比拟。其是六祖惠能第四世弟子，但祖籍不在平和，而是在陕西高陵。他本人出生在福建福清，为弘扬佛法才来到平和，最后成为闽南最重要历史人物之一。目前，三平祖师文化享誉全世界 32 个国家和地区，每年有 60 万人次来到其发祥地三平寺朝圣，可谓影响广阔而深远，尤其是在台湾，拥有 50 多座三平祖师分庙，可见香火何其旺盛。不过，若照着笔者所说，平和是一条鱼的逻辑分析的话，那么，义中禅师就是属于一条逆流而上的大鱼，他沿着九龙江西溪逆流而上，之后，避入深山密林当中弘扬佛法，最后修得了正果，千古流传。至于台湾阿里山神——吴凤，则是一条顺水游出山门并跨过台湾海峡的大鱼，其为台湾同胞带去了农耕技术和种子以及其他物种，备受推崇，因此，死后才成为阿里山神，享受万众香火，堪称典范。

近代部分，以世界级文化大师——林语堂先生为代表。林语堂先生是顺流而下的鱼，然后变成了"龙种"。其出生于平和县坂仔镇，11 岁才走出平和，之后还多次回乡，其在世界文化史的位置是不必再多说的了，他的对联"两脚踏中西文化，一心评宇宙文章"已经是最好的注脚，也是公认的评价。林语堂先生在《四十自叙》里写道："我本龙溪村家子/环山接天号东湖/十尖石起时入梦/为学养性全在兹。"这就是林语堂先生的情怀，可见，其情怀已和家乡这块山水完全融在一起了，一言一行无不散发出家乡人的气味和品质，尤其那朴素的情怀无不透露出他那道家的修养和人生的至高境界。此外，平和现有人口约 56.4 万人，而游出洪濑口的鱼近 20 万，其中，游到厦门去的鱼群近 10 万之众，可见，平和人对厦门市建设的贡献何其之大。其他地方暂且不说。当然，这些游出洪濑口的鱼，我不敢说每条都是龙种，但大都混得不错，而且大都变成一条大鱼，这是事实。

当然，我并非想借此机会鼓吹所有的平和鱼都游出洪濑口，而是说，平和人确有鱼的个性，龙种的特点，既喜欢逆流冲水，也喜欢顺流游出洪濑口。

记得，老子《道德经》开篇即说："道可道，非常道。"相信大家对这句话都很熟悉并都能朗朗上口，可是，真正能够理解的人其实不多。以笔者浅见，这里的"道"，应该是这样解析的，"道"是万物的本源，是很自然的东西，它和"常"一样，属于"不变"的东西，同时代表着天地间万物的"清气"，这种"清气"，就是高贵的品质和朴素的人生观，这种"清气"，也就是道家梦寐以求的东西，也是最高的思想境界。而这种"清气"，到底是指什么？其实也是没有人能够说清楚的。或者，是一种接近于"无"的东西。而这种"无"，用一个字来概括，就是"有"，而这种"有"，也就是"无"。当然，这里的"有"和"无"并不是"看得见"或"虚无"的东西，"有"和"无"之间的关系，就好像是"阴"和"阳"之间的关系。总之，"有"和"无"也是属于"道可道，非常道"的范畴。

在道家的学说里，鱼是属于道家。事实上，在人类发展史上，确有一种说法认为，人类的祖先是从鱼进化而来的。由此可见，平和是一尾鱼，是可以成立的。

平和是一尾鱼，有优点也有缺点，这一点必须得到正确和客观的认识。

平和人最大的优点，是善良。这一点，可以从平和人的眼神里看出来。不信，只要你走在大街上，或随便窝于街市某一角，偶然抬头与迎面而来的平和人两眼对视，就会发现，也一定会马上感觉到，平和人的眼神确实是十分善良的。

平和人的眼神很干净、很纯粹，任何随意的互相碰撞，都可以读出其内心的信任和友好。也就是说，平和人的眼神是让人放心的，也是值得信赖的。换成走在某个大城市里，是很难碰到这种眼神的，至少很难马上捕捉到，需要停顿一下，等仔细辨认，并接收到对方真正的善意后，才敢把心掏出来，这或许就是城市最大的瑕疵。当然，这也难怪，城市越大就越复杂，人情也会越冷，就像大海一样，什么鱼都有，连食人鱼也不会少，所以适当小心防范是必要的。但是，当你来到平和时，却不必如此小心，平和人的善意绝对是出自内心的真诚，因为其较少受到外界的污染，尤其是当你看到那些平头百姓的眼神，应该是可以放心睡大觉的。

眼睛是心灵的窗口，而眼神便是窗口的灵魂，在这里也得到了印证。

平和人优点之二，是勤劳和勇敢。举个例子，平和地处闽、粤交界之处的山区，在过去，平和这个地方原本交通并不是很发达，唯一可以让平和平头百姓过上好日子的只有靠山吃山，靠水吃水。改革开放30年来，平和平头百姓们终于也闯出了一条发家致富的山路。如今，平和人所生产出来的农业产品"琯溪蜜柚""白芽奇兰茶"等，享誉海内外，其中的"琯溪蜜柚"是"中国驰名商标"，平和也因此被誉为"世界柚乡，中国柚都"，这个称号是名副其实的。至于文化品牌方面，自然更不用多说，有"林语堂""三平祖师"，还有"阿里山神吴凤"等，旅游品牌有"灵通山风景区"和"克拉克瓷故乡"等，灵通山风景区已经申请为国家级地质公园，而克拉克瓷故乡所带来的美誉，前途更是无法预测。据了解，中国瓷已经跃然为世界十大品牌之一，因此，潜力不可忽视。此外，平和还被国家列入"中央苏区县"，可见，平和人民之勇敢拼搏的精神是值得称道的，难怪"勤劳"和"勇敢"也是平和人的标签。闽南人"爱拼才会赢"的特点在平和人身上也被体现得淋漓尽致，这是非常值得肯定的。

平和人最大的缺点，是不知道自己是谁。其实我也不知道自己是谁，这是我最大的困惑，为什么这样说呢？因为我的母亲是客家人，而我的父亲是中原人迁移到平和的闽南人，如此一来，我就不知道，我到底算是客家人，还是应该算是闽南人。不只是我，相信和我的情况相类似的人很多，他们当然也属于说不清楚自己是谁的一部分，不过，不少人都把自己当成是闽南人，其实这是错误的，至少是不够准确的。按说，真正的闽南人应该是客家人，而不是从中原地区迁移来的那一群人和他们的后代。但无奈的是，客家人在闽南的主导地位早已经被中原人迁移而来的人垄断了，这就是人种越来越模糊的原因。如今，我提出这个模糊点，目的也是为了找到一个合理的生存依据，不管有用没用。

平和人还有一个缺点就是，总是在家里待不住，一有机会就想往外跑，就像一条鱼一样，总是闲不住，既要逆流冲水，又要顺流游入大江大河乃至大海，可见，平和是一条鱼，真是个很形象的比喻。那么，平和人总想像鱼一样游出洪濑口，这到底是优点还是缺点？说实在的，至今我还是回答不了这个问题，总认为，既然鱼大了就要往深水的地方潜，就像姑娘长大了也要往外嫁一样，拦也拦不住，挡也挡不住。其实，原本就不必拦不必挡，一切自有道理。或者，这既不算是缺点，也不能算是优点吧，适者生存而已，本能体现而已，其实许多地方都一样。

平和人还有另外一个特点，那就是与生俱来有一种浪漫情怀，我把它归结为"林语堂情结"。为什么这样说呢？我认为，林语堂的高地人生观就是这种浪漫情怀的体现。也就是说，林语堂的这种人生观其实是理想化的。换言之，林语堂其实只是一个单纯而又朴素的人。进一步明白地讲，林语堂其实是一个不很入世的人，所以才会有他的理想化的世界包括文化人的清高。当然，这种品性不只体现在林语堂身上，其实也体现在每一个平和人身上。关于这一点，只要善于品读山水的人就一定会读出平和这块山水所特有的魅力和可爱之处。或许，这是生活在城市里的人永远体会不到的。形象一点儿比喻，就相当于"处女情结"一般。当然，这是非常可爱的比喻。事实也是如此，平和这里的山是浪漫的，水是浪漫的，人也是浪漫的，连深埋在肌肉里的骨头也是浪漫的，何况是精神世界呢？当然，平和人还会有许多特点，并不是三言两语可以叙尽的，且留待世人慢慢品味吧。

古人说，"天道酬勤"。且把这四个字送给平和人吧。当然，平和人勤奋是早就出了名的，他们的努力也确实换来了今天的可喜的收获和变化。这是值得祝贺的，也是值得骄傲的，但显然不该满足。记得，有位伟人曾经说过，世界上的事情最怕是认真二字。确实，这是一句至理名言。平和人如果再认真点，孕育出如林语堂这样的龙种也并非不可能。何况，庄子曰："条（同音字）鱼出游从容，是鱼之乐也。"由此看来，欲知鱼之乐，还要勇于化成一条鱼，鱼乃龙种也。

想起那条河

河流是有记忆的，河流也是有可能被遗忘的，我是怀着敬畏的心情怀念它的。

记得，在农业学大寨那年头，我们村响应政府的号召，为了修筑新河道，把村子迁移到附近一块土沙坡上，也就是离原来那条河不远的一块荒地。那条河是一条无名河。其实，它是有名字的。说其无名，是因为自从修筑新河道后，那条河就渐渐消失了，也渐渐被遗忘了，先是从大河变小河，现在只剩下一条小水沟，以致让现在的小孩子都不知道那里曾经有一条河。那条河的名字叫马溪，在陆路尚不发达的当初，还是当地最主要的交通要道，可见，那是很重要的一条河。

我们村村名叫“溪南”，顾名思义，是在溪的南边，故与那条河是有关的。小时候的我受其影响很深。那条河原河道宽约百米，水位深浅不一，且整条河是七里八弯的，那大概是因为常年发大水自然形成的，也可能是古人修筑河道智慧的结晶。这样的河流不仅有利于保护水土资源，也有利于保护生态平衡。那条河直通九龙江，是九龙江西溪的一条支流，因此上下游船只很多。据说，当时沿途各地商人到漳州等地进行商业贸易都要经过那条河，可见，视其为当地最主要的交通要道毫不虚言，其在当地人心目中的地位和影响力自然也不在话下。

那条河的历史有多久，恐怕是很少有人能说得准的。那条河附近有一座宫庙，叫山格慈惠宫，1050年前，山格慈惠宫叫马溪岩，在山格岩那边，后才搬到现在的位置，至今也有400多年历史了。自古以来，每年农历七月十九，即山格大众爷诞辰前后，便有各地香客不远千里从那条河搭乘船只而来。小时候常听老人们讲，在最热闹的年头，那些船只有数百来条，必须按到达先后次序排队，一条接一条，长达四五里地，颇为壮观。那样的盛况我虽然没见过，但对于生长在这块小地方的人来说，听起来就会感到骄傲。但因其"无名"，或因改溪造田而渐渐被后人遗忘，实在是一件很遗憾的事情，也是非常不应该的，毕竟"上善若水"，本为古训，后人岂可轻易把一条河流忘记？然而，这其实也是件很无奈的事情。

何况，山格大众爷是本地人们所推崇供奉的地方神。据说山格大众爷前身姓林，是本地人，以前是个统兵之类的儒将，因保护着我们这块地方，使我们这地方的人都过着安居乐业的生活，所以在他死后，仍然备受人们敬仰和拥戴并把他尊为一座神，以祈永远保护着我们后代子孙的平安与幸福。而远远近近的人也因为同样蒙受到他的恩泽，百感交集之下，年年都会如期搭乘船只而来朝拜，一则烧香许愿，一则叩头感谢恩泽。于是那条河便热闹起来。然而，近年来，经各方专家反复考证，目前初步已证实山格大众爷其实就是大名鼎鼎的抗倭民族英雄——戚继光的化身。消息传出后，一石激起千层浪，山格慈惠宫更加声名远扬了，海内外信众更加蜂拥而来。关于这一点，属于另外的话题，这里暂不多做论述。

且说我们村移村那年，也就是新修河道那年，我年纪尚小，还在念小学，每当放学回家，我便沿着原来那条河回家。那条河河岸很低，两岸都长满各种各样的草，有的芒草高过个头。每到

处处飘满茶香的山村

chuchu piao man chaxiang de shancun

河的拐弯处就有一块沙滩，沙滩上的鹅蛋石很多，我经常和其他的孩子一起在沙滩上玩。有时候玩堆沙山，那是在沙滩上先挖个坑，然后其中某个人把手和两只脚埋在坑里，让他一时无法走开，其他人就欢笑起来。有时候也玩垒石塔布石林，或者到河边浅水的地方抓鱼虾之类的，甚有乐趣。可惜的是，现在的孩子尤其是城市里的孩子，大都没有这样的机会和兴趣，尽管现在的孩子家里都会有许多诸如电动玩具，手枪，布娃娃，积木等等，但那种在河边玩耍的天然乐趣，他们是永远体会不到的。那时，我们还很喜欢到河边浅水的地方去摸鱼，或去深水处钓鱼，而且经常钓到很多鱼，比如鳖，我就经常钓得，但是那时舍不得留下给自己人吃，经常拿到市场去卖，尽管价钱很便宜，至于其他鱼，就留在家里或烧或炖给家里人吃。那年头农村日子普遍很苦，平日里偶尔有鱼吃，已算很不错的了。当时那条河里的鱼确实很多。

提起那条河，还有件事情至今让我记忆犹新，久久不能忘怀。那年，有一天，那条河对岸的沙滩上，不知从哪里飞来一只灰白的天鹅，长长的脖子，灰白的羽毛，叫声有如天籁，非常可爱的样子。那天放学回家时，我和同村几个同学正巧遇上这难得的机会，至今为止，那还是我所见过的最美丽的天鹅。可是，当时却发生了一件事，至今还震撼着我的心灵。当时，正巧有个退伍军人也看见了河对岸沙滩上飞来的那只灰白的天鹅，欣喜若狂，立刻回家拿着一支长管鸟枪来到河边，然后，马上进入作战状态，像侦察兵一样匍匐地爬近对岸，他要用那支鸟枪去打对岸那只美丽的天鹅。他还示意我们埋伏在附近，不要说话不要走动。出于好奇也出于兴奋，小时候的我们用手掩住耳朵，屏住呼吸，准备目睹这一激动人心的场面。忽然之间，我尚不成熟的心态里有一种不忍的感觉，希望枪能不响。

就在我懵里懵懂之时，猛然听到一声巨响，振聋发聩。枪响之后，我看见那只鸟枪枪口和枪身还在冒着白烟，原来那发子弹是那位退伍军人自己特制的，为能远距离打中那只天鹅，他冒险强加进许多火药和铁砂，接着我听见不远处还有一群小孩高兴地跳起来，叫道："打中了，打中了。"声音好像从地底下冒出来似的。我一看，果然，河对岸沙滩上那只天鹅晃了一下，好像要倒下的样子，可是接着却听见那只天鹅连声悲鸣着飞上了高高的天空，不一会儿就乘云而去了。那只灰白的天鹅飞走了，那些孩子们全都很失望。我看着那位退伍军人，他把鸟枪斜靠在左脚边，抬头朝那只天鹅飞走的方向仰望着天空，他神情很茫然，很失望的样子。

改溪造田后，那条河很快就被填成小河，之后就变成一条小水沟，不足两米宽，而那只天鹅降落的那个沙滩也长满了青草，变成荒坡，于是，人们渐渐地就把那条河给淡忘了。不久前，我听说那个持鸟枪打天鹅的退伍军人在几年前已死去了，我想，他很快也会随着那条无名的河一起被人们忘记，但我永远也忘不了那条河，而且每当我重又想起那条河时，我都会自然而然地想起那只灰白的天鹅，因为它是我永远美好的回忆，同时也是我童年最难忘的一件往事。长大后，我也渐渐明白了，有天鹅出现的那块土地，一定是块风水宝地，而生活在那块土地的人们，也必将过着幸福美满的日子，我坚信着这一点。于是，我又想起那条河，那条无名的河；想起那些原来从那条河乘船而来的香客和商人，如今，他们的后代已经不用再乘船而来，在陆路交通发达的今天，驱车而来已很方便。

最后，值得一提的是，不久前，山格慈惠宫民俗信仰已被认定为省级非物质文化遗产，并已申报为国家级，未来的发展值得期待。日前，山格慈惠宫闽台乞龟民俗文化节刚刚落幕，其不但凝聚着两岸同胞共同的信仰和对根的追寻，也是对传统文化的认同与弘扬。因此我相信，不久的将来，山格慈惠宫将可能变成一处很好的爱国主义教育基地，因为现在山格慈惠宫主神是抗倭民族英雄戚继光。也就是说，山格大众爷就是抗倭民族英雄戚继光的化身。关于这一点，有关专家有这样解释，抗倭民族英雄戚继光当时是个"大总兵"，部将们都尊称他为"大总兵爷"，而闽南话中的"大总"和"大众"是谐音的，因此，后来"大总兵爷"才演变成"大众爷"。这是一个很有意思的话题，也是很有地方特点的一种说法。

从那座小山说起

我们村背后有一座小山。那座小山由来已久，有着一则很美丽的传说。相传精卫填海的壮举，感动了天界诸多神仙，那些神仙们就用各种办法帮精卫填海，其中有个赤脚大仙就从很远很远的地方，帮她挑来一担土，不料，途经我们这里时，肩膀上的那根扁担断成两截，那担土就分立堆成两座小山，一座落在我们村背后，另一座落在离我们村大约4公里远的地方。两座小山，不管是左看右看，前看后看，远看近看都十分相似。记得，小时候我就经常随大人到我们村后那座小山去玩，那座小山各种各样的树和石头很多，大小不一，各具形态。那些树有很多是果树。每逢果树上的果子成熟了，我就会在果树下抬头呆望着树上那些成熟的果子，垂涎欲滴。大人们就经常为我摘很多果子，于是，我就爬在石头上一边吃着果子，一边看着大人们劳动，那时候，我们村很多人在那座小山上开荒地种番薯。要回家时，我脱下外衣，包着吃剩下的那些果子，分给几个同村要好的孩子，让他们也能分享到我在那座小山上的快乐。当然，有时候我也会分享到他们从那座小山上带回来的果子。那座小山有很多山洞，深深浅浅，坑坑洼洼。那些山洞洞口，或隐埋在杂草中，或密藏在石头间，也有的明显露在外头。总之，那些洞笼罩着一层很神秘的色彩，给人一种很强烈的紧张感。听大人们说，那些洞大部分是解放初期挖的，用来准备抗战和防空，也就是多少带有点儿避难的意思。新中国成立后，那些洞就很少有人进去，据说，是因为那座小山常有野兽出没。有野兽出没的地方会给人造成一种本能的恐惧感。直到我上初中时，才有一些生性大胆而又好奇的人，打着手电筒或火把去探那些洞。那座小山原本就小，海拔不上400米，方圆也不出300公顷，因此有的山洞从这边山腰可以穿过那边山腰，挺有趣挺刺激的，我曾经背着大人和其他几个孩子一起去探过那山洞。有一次，当我们钻洞刚钻到一半时，走在前面的大个子男孩发出一声惊叫，大家一阵紧张，以为遇上了野兽，没想到只是遇上了一条大蛇，那条大蛇是在洞里捕老鼠，一发现有人进洞，大蛇和老鼠竟都警惕地逃开了。那时我们全都吓得要命，等大蛇逃开以后，我们才从山洞里面赶快出来，浑身打着哆嗦还直冒冷汗。其实那个时候，那座小山上早已不再有野兽出没了。

忘记是从什么时候起，大约是从我上中学第二学年开始，我们村背后那座小山上，来了一批接一批的晋江人和惠安人，他们大都是一些青壮汉子，而且全是石匠，是来那座小山上打石头的。我读的那所中学正好是在那座小山朝西的半山腰上，而我们村是在山的南边；我们村和那座小山之间，原本隔着一条河，约百米宽，但那条河后来改道，河床就被填成平地，只剩下一条小水沟，不足两米宽，所以每当我上下学，就必须绕着那座小山走，而每次我都可以听到叮叮当当、杂杂沉沉的打石声和打石人卖力气时发出的"哎哟"声。晋江人和惠安人打石头是全国出了名的，尤其是惠安人，惠安女之所以会成为全国很多地方杂志封面彩照，就是出于这个原因，当然，我们也可以从中体味到当时的晋江和惠安，生活是怎样辛酸和艰苦。过去的晋江和惠安基本上每家每户都有男人外出谋生，有的甚至到了海外，而那些外出谋生的晋江人和惠安人以打石头为业者占有相当部分。直到改革开放以后，晋江和惠安那些外出谋生的人才又纷纷回到老家，而他们当中就已经有许多人在海外发了大财，成了富翁了。现在的晋江人之所以这么迅速就富裕起来，和他们这一批人回来是有关的。但是我在想，在那些海外侨胞和本土上迅速富裕起来的晋江人当中，一定有着那么一些人是曾经到过我们村背后那座小山打过石头的。我不知道这些晋江人当中有没有谁想过，他们曾经到过的我们村背后那座小山现在变成什么样子了。（我这里提及这个问题绝对没有包含其他任何想法，我只是想向晋江和惠安来的石匠们说一说我们村背后那座小山现在变得怎样了）我们村背后那座小山如今就好像一位多年来一直瘫痪在地的老妇人一样，站不起身子，毫无生气。因为我们村背后那座小山上的石头基本上全被晋江和惠安来的石匠给打光了。山上原有的那些树全被砍光，原有的那些洞也全都塌掉，每逢下大雨，山上的泥浆滚滚下流，连我小时候的印象也变成斑斑驳驳，模糊不清。总之，笼罩在那座小山上的所有的神秘色彩和给人造成的紧张感全都荡然无存，甚至连鸟叫声也难得再能听见。我们村那座小山已经再没有什么力量可以打动人了。我少年时代的许多梦想也因此支离破碎。而我不知道也无法知道，那些曾经到过我们村背后那座小山上，以打石头为生的晋江人和惠安人，如今他们听到或者看到了我们村背后那座小山的现状，心里面会有什么感想，会不会因此在内心深处感到有某种无以名状的愧疚？当然，他们也许并不感到这会有什么不妥，因为当时就是那个样子，是一种需要，也是一种必然，而且全国很多地方也有相类似的情况，更何况一座小山上有那么多石头，即使以前晋江人和惠安人不来开采，现在或者以后，本地人或者其他地方人也会去开采的。话也许可以这样说，事情也许也有可能真的会那样发生，但是，我们村背后那座小山的的确确是被晋江和惠安来的石匠打坏了，这是不可推托的历史责任，这也绝不是强加在他们头上的莫须有的罪名。当然，这也无法对他们进行指责，因为这是历史造成的，是贫困造成的，也是因为缺少对自然环境认识造成的，怨不得他们。我这里之所以讲到这样一件令人扼腕令人遗憾的事实，主要是因为目前正面临着一场席卷全国的山地开发热潮，这作为正在发展和腾飞的国家来说，确实是一件大喜事，应该庆贺，也值得大胆去鼓励。但是，反过来说，如果再盲目地去进行开发和利用，必然会严重破坏自然环境并导致大自然生态平衡失调，必然会使自然界许多鸟类和动植物无处安身，从而受到严重的生存威胁。不是全国有许多报纸纷纷地报道着有关某地发生鸟类或地面上的动物集体自杀的骇人听闻事件吗？现代化轻重工业的发达，导致大气层严重被污染，以及大兴安岭原始森林火灾后患未除，这难道还不足以让人们产生忧虑并引起重视吗？人类的未来以及大自然的未来将会怎样？这一系列的问题难道还不值得人们去深入思考吗？

我想，一个国家或一个民族甚至一个人要强大起来，决不可盲目地以破坏自然环境为代价，也不可过分开采自然资源，假如大自然的生态平衡遭到严重破坏，受到最大生存威胁的还是人类自己。也就是说，遵循大自然的规律，适当地去开发和利用自然资源，不仅对人类有着莫大的贡献，而且对自然界本身生态繁衍以及进化也会起积极的推动作用，但愿此文能起到一定的警醒作用。

踏瓷而来

瓷是月光滴落凝结而成的,瓷是梦中的花朵。

月光皎洁如梦,洒下香水一样的清辉。途中与露水相遇,两情相悦,彼此倾心,凝成一体,然后,便有了瓷,便有了梦中的花朵。

瓷是一曲无声的旋律,于英雄和美女互相顾盼之间传响。

无声的吟唱,好像月光向竹影暗送秋波。风的轻抚,让月光和竹影欲罢不能,左摇右晃。瓷的皮肤光滑、细腻,放射出一种迷人的光芒。

瓷还是月光塑造出来的神像,也是梦中的花朵绽放出来的图腾。

瓷静静地伫立着,腆着浑圆的大肚子,犹如怀孕的美女,还有各种各样的姿态,也一样令人陶醉,令人神驰,令人想入非非,更令人顿起怜香惜玉之情。

瓷浑身上下散发出一种勾魂夺魄的神韵和魅力,让人情不自禁地想要抱起她来。然而,瓷是必须小心呵护的,不许有任何意外的碰撞,不然,瓷的梦就会被惊醒,梦中的花朵也会哗啦啦地碎成一地,令人顿生遗憾之情并惋惜不已。

如果瓷不小心被风摔在地上,魂就会一下子都散了,梦也会稀里哗啦地碎了,如玻璃一样。不过,那应该不是风的过错,也应该不是竹影的一场恶作剧，只是命运掀起的一场波浪。而谁又能帮助瓷躲过这场劫难呢？显然不可能，总有一天，瓷一定会被风摔碎的，瓷的梦也一定会魂飞魄散的，这就是命运。

果然如此，我所遇见的瓷就是这样，如今，她还躺在地下，被埋在野地里，而且已经有500多年历史了，这些瓷差点儿就彻底消失了。幸好有一天，她终于被一位天真的孩子在无意中发现，此后才陆续有人向她走来，包括一些被称为专家、学者的人也来了。从此，山旮旯里的那块野地便开始沸腾起来。

于是，我也跟着踏瓷而来，这是多么残忍的事实，因为瓷是用来抱的，而且必须小心呵护，就像疼爱自己心爱的女人一样，但我却踏瓷而来，这令我有点儿不能原谅自己。其实我是舍不得这样做的，可是，为了瓷，为了瓷的将来，我没有别的更好的办法，只能如此。我的脚步很轻也很小心，但还是留下满地的伤痕。

瓷在我的脚底下，咔啦啦地响着，那声音像是在哭泣，又像是在低唱着一首古老的童谣，而当我第一次见到瓷时，她那满脸破碎的样子，实在让我看得有点儿于心不忍，尤其是那既微弱，又尖利，如玻璃，又比玻璃的声音更低沉，更压抑，更惊魂，更婉约，也更伤感和悲泣，不得不令人顿起怜悯之心。

瓷静静地躺在地下，连抽泣的声音也暗哑了，她几乎是要彻底绝望了，可是她还是始终守住自己破碎的样子，每天晚上都在仰望星空。月光是她的魂魄，她让月亮旁边的那些云朵去向天庭诉状，但求有一天能破土而出，重新亮丽于人世。

她在绝望中体验春夏秋冬和寒来暑往，包括身体的温度也完全依靠阳光在取暖。这个时候，大地就像一张棉被一样，裹在她的身上，天空上的风雨雷电，或许就是她的情绪。她虽然看上去像是一位怨妇，但她都还保持着处女之身，只不过支离破碎的样子，令她的青春和梦包括花朵，全都凋谢了，这是她最大的痛苦。

瓷的名字叫：克拉克瓷。她的祖籍地就在福建平和，而出生她的那个小乡村又在山旮旯里，那个小乡村的名字就叫五寨，也有姐妹分别在南胜等其他地方，也在平和境内。克拉克瓷的发现，确实是一个意外，就像上述所说，她是被一位年轻少年在无意中发现的，然后才引起世界哗然。有日本学者闻风而来，痛哭流涕，朝着那块土地下跪，久久不能自已，可见其动情之处，也可见其渊源，就像找到自己的老祖宗一样，事实正是如此。

克拉克瓷在那座小山头里被埋藏了 500 多年，谁能理解她内心的痛苦呢？她没有绝望。她在暗中点亮了两盏心灯，一盏叫孤寂，一盏叫冷漠。她在地底下，在山旮旯的野地里苦等着。她相信，总有一天有人会重新发现她的。是的，她终于被那个贪玩的孩子发现了。那个贪玩的孩子原来也不认识她，只是因为觉得她好像还有点儿美丽，而且感到有点儿奇怪，为什么山旮旯的野地里会有这么多美丽的碎片呢？他显然没有往下想，把她冷落在一边，直到有一天，他也许是出自心中的好奇，向某一位博物馆馆长提起此事，那块野地才开始骚动起来。

是的，如今那块山旮旯的野地现在已经开始沸腾起来了，而我也正是在这个时候，踏瓷而来。我知道，对待瓷，我的脚步有点儿迟缓，也有点儿残忍。但我相信瓷是不会怪我的，因为我会通过我的文字，去向世人诉说一切，包括瓷内心的委屈、苦楚与孤独和寂寞。当然，我也知道，凭我的文字是微不足道的，也无法唤醒所有人的关注。尽管如此，我还是愿意用我的脚去倾听和拥抱心中的瓷，更愿意用我的文字去热吻她，并且，久久地亲吻着她。而且，我还知道，她一定也很喜欢我这样做的，当有一天她被我的文字吻得有点儿喘不过气来时，一定会轻轻地推开我的身子，然后，香汗淋漓地开口冲我说出一句令人喜爱的话："讨厌！"

青花瓷影自多情

瓷是美人，瓷是英雄，瓷是政客，瓷是商人，瓷同时也是魔鬼和强盗。实践证明，瓷是一种容易破碎的美丽和伤痛，同时也是一种能摄人心魄、勾魂夺爱并制造出玄幻的法器和道具。记得，在古波斯神话传说里，有个老渔夫就从海底捞出一件美丽的瓷瓶，可里面却装着魔鬼。之后，魔鬼用尽各种各样的甜言蜜语和威胁手段，诱导并逼使老渔夫打开它，老渔夫因此陷入恐惧和不安乃至诱惑和左右为难之中，人性的弱点毕现，令人担心之处也就在这里。其实那是一种美丽的妒忌与折磨。美到一定的时候也会包藏祸心，而无意的邂逅有时也是某种命运的安排。

说到这里，我自然而然就想到了 2009 年从广东省汕头市南澳岛打捞出来的那艘古沉船。那艘被命名为"南澳一号"的古沉船自从出水后，就一直没有缺少过世人关注的目光，尤其是从中发现的那些大量青花瓷器，经专家们反复考证后，一致认为，那就是名震天下的"克拉克瓷"，而且原产地就在福建省平和县。消息甫出，一石激起千层浪。好奇者踏瓷而来，热泪盈眶者更是蜂拥而至。其中最有代表性的人物莫过于一位日本考古界的专家，其几代人的苦寻得不到结果如今找到了答案，那种激动非常人所能理解。其实是可以理解也是可以体会的。

实践也证明，那些"克拉克瓷"出现后就立刻像古波斯神话里的魔瓶一样充满魔力并发出神奇的光芒，从而引起世人高度关注，包括中央电视台在内的电视媒体，也同时进行跟踪报道并进行轮番轰炸式的直播，因此令更多的观众睁大眼睛并啧啧称奇，尤其是那些多年来关注它的专家们和来自"克拉克瓷"的原产地——福建省平和县的人们更是热血沸腾，达到空前兴奋的状态，人类对美的追求和趋之若鹜的心态再次表现得淋漓尽致。青花瓷影自多情，其实也很正常。更何况，迷失在海底400多年的青花瓷能够重返人间并叶落归根，不能不说是一种奇迹，同时也是夺造化之功。好在只要是美丽的东西终有被发现的一天，果然如此。

　　然而，与此同时，我却仿佛听到了来自偏远山区野地里的另一种呼喊，和从数百年前的海底传出来的哭泣与叹息，就这样那些400多年前的青花瓷影不时出现在我的眼前和神思里，而当美丽的青花瓷重新出现在世人面前时，喜悦的泪水其实已经冲淡了所有的痛苦和记忆。从这个角度讲，青花瓷遭遇不幸的经历也是历史必然，或许，这正是历史之所以无言的原因。历史就像一位冷酷的智者，始终用无情的眼光看待一切，包括岁月和风云。其实历史也无法改变自己的命运。

　　话说回来，在相当长的日子里，"克拉克瓷"的出现令许多专家着迷，只是因不知其身世，也就是原产地而令这些专家们扼腕不已。后来，经专家们百般考证后证实，"克拉克瓷"的故乡确实就在福建省平和县。此语一出，立刻打破了古老而又偏僻山区的宁静，尤其是当"南澳一号"被打捞出来后，平和县宁静的山村更加喧闹起来。踏瓷而来的各路人马更是掩饰不住内心的兴奋和激动，就像找到失散近500年的"老情人"或"新娘子"一般，而当"克拉克瓷"神秘的面纱被揭开以后，许多外面的人也迫不及待地蹾足想要争看"新娘子"的模样。

　　不过，当人们看到"克拉克瓷"姣好的真容后，一个接一个的悬念和疑问也随之出现了。许多人心里在想，平和县何以会成为

"克拉克瓷"的故乡？当年的情况到底是怎样呢？其实这些在不久之后已经不是什么秘密了。史载，明正德十三年（1518年）三月，平和正式置县。首任县令为明朝都察院佥都御史王阳明。当时他奉旨来到平和地界，平寇后行走在崇山峻岭之中，目光里却充满内心的隐忧，为了让地方百姓从此过上幸福的日子，他上书朝廷，并以"寇平而民和"而取"平和"二字为县名，表达了他内心美好的愿望。奏准后，他为了帮助县民发家致富，特意从军中挑选一些兵丁留在平和，帮助地方"长治久安"。当然，他只是为平和拉开历史的序幕而已，真正的传奇和篇章才刚刚开始抒写。

无独有偶，之后的平和县竟然连续13任县令皆来自江西。历史之巧合确实有点儿不可思议。更有趣的是，这十三任县令为了发展地方经济，竟一致看好生产陶瓷这一项目。之所以如此，大概有两方面主因：一是平和地处山区，陆上交通很不方便，但平和是九龙江西溪发源地，水上交通却很顺畅；二是经考察后发现，平和境内拥有制陶最主要原材料——高岭土。这就为生产陶瓷奠定了基础；另外一个原因是，当时的社会对陶瓷的需求量较大，而适合生产陶瓷的地方却不多，再加上江西景德镇素来就是举世闻名并且公认的"陶瓷之乡"，其盛产出来的景德镇陶瓷不仅受到普通世人的欢迎，也受到各个朝代宫廷的青睐。正因为如此，先后13任江西县令的到来，无疑为平和县成为"克拉克瓷"故乡提供了可能和契机。前几年那位日本考古界专家，就不远万里寻访到平和，当他证实了平和县就是"克拉克瓷"的原产地时，禁不住匍匐在地，老泪纵横，然后才诉说其世世代代寻访"克拉克瓷"原产地的传奇故事，由此可见，人类对美的至爱是高尚的。

关于"克拉克瓷"名称的由来是这样的：明朝万历三十年（1602年），荷兰东印度公司截获了一艘商船，这艘葡萄牙商船名叫"克拉克"号，船上有近万件的青花瓷器，但不知产自何处。后来，在一场"晚到了400年的中国瓷器来了"的大型拍卖会上，这批青花瓷器被命名为"克拉克瓷"，从此，一举成名。400年后的今天，"克拉克瓷"作为海上丝绸之路重要证物，被世人所关注、推崇并且喜爱是毫不意外的。不过，当"克拉克瓷"神秘的面纱被一而再，再而三揭开以后，笔者作为"克拉克瓷"故乡的人，兴奋之余同时也还存在一个悬念，即根据专家实地考察和资料显示，当时"克拉克瓷"的生产规模完全可以用"十里窑烟"来形容，并有过之而无不及，如果这种盛况被证实，也就意味着当时的平和生产陶瓷是何等的热火朝天，同时也就意味着当时有众多的平和人以此为业并进行谋生。可是，那么多的制陶技术工人的后人现在都到哪去了？按理，有着那么大规模的群体应该会留下一些传人才是，可是却至今找不到，这是奇怪之一；其二，那些青花瓷器上都绘有各种各样栩栩如生的花鸟虫鱼之类，这些手艺又是怎么失传的？或许，这和当时的海禁和月港的没落有关，但似乎又解释得并不圆满，这也是耐人寻味之处。当然，许多历史的真实本来就是无法完全复原和圆满解答的。

据现有史料显示，平和县境内的古窑址有"十里窑烟"之说，这种说法依据是从旧县城到南胜、五寨这段路程，已经发现并挖掘出来的古窑址有100多座，而这段路程有10里之遥，因此构成"十里窑烟"的盛况。不过，这种说法尚不严密，因为平和县境内的古窑址远不止分布在这些地方，还有不少地方也有古窑址。如同样是旧县城的九峰镇，在那里现在还可以找到当时江西制陶员工的合葬墓，这也应该是值得一提的历史遗迹。如今，该遗迹已成为县级保护文物保护单位。

克拉克瓷最显著的特点是宽边，青花瓷为多，在盘、碗的口沿绘分格及圆形开光的山水、人物、花卉、果实等。另外，从克拉克瓷的生产上可分为万历至清初和康熙两个时期，前者为开光的青花瓷，后者则胎薄。还有，万历年间的克拉克青花盘所使用的是浙料绘画，有翠蓝、灰蓝、淡蓝几种色调，运用分水技法，形成三至四个色阶，为康熙青花的成熟奠定了基础。画师们熟练地运笔，无论勾、点、染皆随心所欲，自然洒脱。凡是勾勒圆圈，皆是用两笔拼凑而成，这也是明末清初瓷画的一个特点。这种花卉图案具有典型的欧洲风格的青花瓷器，也是中国青花瓷器在欧洲的叫法，专指这种深得欧洲王公贵族喜爱的外销瓷。

不过，当我看到那100多座古窑址时，其实内心也是非常隐痛的，因为其在外人看来或许就像当年的一位弃妇，或者被抛弃的童养媳，而在我眼里，却更像一位被关在地窖多年不见阳光的老母亲，或者像是一位曾经被拐卖又终于从山洞逃跑回来的乡下妹子一样，脸上布满垢土。而当她被洗干净后重现娇容之时，世人的惊叹之声也已经说明一切了。众所周知，平和县是九龙江西溪发源地，水上交通方便，正因为如此，平和县才有可能在无意中成就了一条古丝绸之路，通过这条古丝绸之路，可以看出过去平和人的眼光和智慧，包括勤劳和勇敢等秉性。

正因为如此，我试图闭目遐思，让神思回到400多年前，只见平和县境内到处窑烟弥漫，若隐若现中，我不仅看见了窑烟与男人相互为隐约的身影，也看见了陶瓷与女人相辉映的情态，同时还闻到了当年的窑烟所散发出来的那种泥土气息，汗水还有体香，加上勤劳的背影构成了一幅生动活泼而又精美绝伦的画卷。然而，在诗情画意的背后，我也读到了另一种生存的局限和无奈，痛心之处即此。

不过，历史其实也是公平的，诚如以上所讲，"克拉克瓷"的被发现，尤其是"南澳一号"被打捞出来后，一条海上丝绸之路也被引出来了。换句话说，浩渺无垠的海水虽然淹没了历史的痕迹，时间也已经随着当年的烟火而化为灰烬，但是却没有能够熄灭"克拉克瓷"内心的炉火，这是事实。几百年之后的今天，古沉船的被打捞以及"克拉克瓷"的再一次被发现，可以说绝不是偶然的，也绝不是单一的事件，其不仅记录了一条古沉船被沉没的历史，也浓缩了一条海上丝绸之路的兴与衰和真实写照，同时还打开了一页新的历史篇章。事实证明，古沉船上大量"克拉克瓷"内心的炉火并没有熄灭，正在以其魔幻般的姿态出现并唤醒世人火热的激情，这就是"克拉克瓷"的魅力所在，而这也已经足以说明一切了。

想当初，先后13任平和县令为振兴平和经济并安置大批的劳工而生产陶瓷，又特意从江西引进大批制陶技术人员到平和来进行指导时，肯定做梦也没有想到400多年后的今天，其当时只是为赖以生存而生产出来的陶瓷品会成为世人争相收藏的稀世珍宝，或许，这就是历史有意开出来的玩笑，又或许纯粹只是天意和偶然的巧合，当然也有可能是必然的结果。换个角度思维，或许今天所做的一切也必将成为明天的稀世珍宝，只是世人的目光太过短浅无法穿越时空去洞悉过往和将来而已，但是，笔者相信，只要有价值的东西包括历史事件必将成为历史的宝藏。历史其实也就是这样，当时由平和县生产出来的陶瓷并不叫"克拉克瓷"，也没有具体的名称，之所以后来被称为"克拉克瓷"，就是因为那艘葡萄牙商船名叫"克拉克"号，历史的某种偶然就这样创下了今天的某种必然和奇迹。海上丝绸之路的重要作用和意义也就这样得到了呈现，并具有历史不可替代的价值。

说到这里，也还要提到一个地方，那就是以上讲到的"月港"。其实月港并不在平和县境内，而是在离平和大约有90公里远的九龙江下游入海口处，即现在龙海市那个地方。当年由平和生产出来的陶瓷就是要从这里运出去。史料上记载，"隆庆改元，准贩东西二洋"。这句话的意思是说，到了隆庆年间，朝廷准予百姓到东洋和西洋贸易。另外，史载"四方异客，皆集月港"。难怪有专家推测，当年的"南澳一号"可能就是从漳州月港出发的。如果这项推测成立，那么，九龙江西溪就是平和"克拉克瓷"通往世界各地的丝绸之路。果真如此，"克拉克瓷"留给后人的想象空间就更大了。然而，自从朝廷颁布"海禁"以后，月港的繁荣也迅速走向没落了。或许，这就是让平和"十里窑烟"的盛况消失的最主要原因，历史往往就是如此冷酷无情，但历史原本就是描写人类的一部兴衰史。

再说，当我们用现代人的眼光来看待历史，看待"南澳一号"古沉船的被打捞，看待"克拉克瓷"的重现光芒时，其实我们还是要感到欣慰的，毕竟"克拉克瓷"还有重现光芒的一天，相比之下，不知有多少珍贵的文物被永远埋在历史的灰烬当中。正因为如此，我们从"克拉克瓷"被发现所得到的启悟远不止这些，远的暂且不说，且从新闻的角度来讲，平和县无疑已经找到了又一次在世人面前曝光的好机会，只可惜的是，作为本地人，笔者观察发现，似乎有关部门并非引起足够重视，不善于借此时机大做文章进行宣传，否则利用这次机会定可达到事半功倍甚至超越想象的宣传效果。此外，"克拉克瓷"被发现无疑也已经为平和提供了一条滚滚的财源，只要善于把握，于招商引资方面也必是一个很好的机会，而这种机会一旦错过，可能又归于沉寂了。果真如此，是很不应该的。

另外，值得引人思考的是，当年的十里窑烟要在平和境内重现，可以说几乎是不可能的，但是，古航道的思考却是耐人寻味的，更是颇具魅力的。换句话说，笔者也不太赞成平和县境内重现十里窑烟的盛况，尽管也是不可能的，但是，作为"克拉克瓷"的故乡留给平和人民最宝贵的财富应该是文化方面的思考而不是其他。进而言之，平和人民要想趁此良机挖掘出自己的潜能并发挥作用，与其从经济方面入手，不如从文化方面去进行思考。当然，相得益彰更能显示其光芒。

老屋印象

平日在家时候不多，一年回去才不过两三趟，每次回去，得有余闲就要到老屋走走停停。其实老屋早在 20 年前就已迁移。迁移以后的老屋只剩下遗址，而遗址又成了淙淙逝水的河堤，因为我们这块土地水位低，那时旧河道又浅，只要连续下几场较大的雨，整个村子以及附近的农庄就要闹水灾，在这种情况下，又逢全国上下正当农业学大寨，大搞农田基本建设和兴修水利，所以当时政府就决定要重新修筑一条河道，新河道的规划正要通过我们村子，于是我们在政府号召下，配合当前形势，从长远利益出发，把村子迁移到离原来村子不远的一块荒地上。建造这座新村的工程队是由政府从各地调派来的，建造期间，政府又给移川的每户人家补贴了稻谷 120 斤，就这样新村于 1973 年落成，并取名为"公社好新村"，那也就是我们现在居住的地方。

记忆里，我家的老屋原有两处，共 3 间。较早前只有两间，连在一起，是低矮简陋的土木瓦房，总面积不足 40 平方米（不过屋前有一块宽阔的空地，并有一口池塘是村里共有的），是祖上传下来的。因为三代同堂，爷爷只好住厨房里，父亲，母亲和我在另一间房里，小妹和二姨也在我们这间屋里另搭一床（当时二姨尚未婚嫁），二姨她们的床紧靠着我们的床，因此每当夜里睡觉，不能有谁随意翻动身子，否则床板就会发出"吱呀"的声响。记得那年，爷爷做 60 大寿，家里客人多，忙进忙出的，简直连站的位置都没有。大姨嫁得很远，那天晚上和大姨丈还有他们的两个孩子都没有回去，父亲，母亲和我只好腾出床位，供她们一家子睡，二姨她们床小，再多睡不上一个人，父亲，母亲只好到邻居家借宿。当年我不满 4 周岁，母亲劝我和爷爷同睡，我不肯，因为爷爷常年穿一身黑色衣服（老人普遍喜欢穿黑色衣服）样子很凶，我不喜欢他。其实爷爷是个极其善良的人，虽然脸色总不十分和善，对我却是既疼又爱的，但我无论如何也不想和他同睡。说来也奇怪，这种感觉直到长大以后，我也说不清楚为什么，也许是幼弱怕黑的缘故吧。总之，我不愿意跟爷爷同睡，母亲也实在拿我没办法，只好抱紧我，哄着我睡着了。半夜喊要撒尿，听见起床的声音，是爷爷从床上抱起我然后走到床后头尿桶上的，乡村桶通常放在那个地方，记得当时我真的想哭，因为下意识里母亲骗了我，趁我睡着的时候，把我偷偷抱到爷爷的床上和爷爷同睡，可是我睡意蒙眬，只低声抽泣一阵就又模模糊糊地睡着了，直到清晨天大亮。但在我幼小的心灵里永远蒙受着委屈的，虽然往后每当想起此事，便觉得有些好笑，可也觉得别有一种滋味在心头。

父亲和母亲是在这件事之后才发奋要再建造新居的，那新居也就是我家的第二处住址。然而当时家里穷得简直可以说只剩下屋顶上发霉的黑瓦片了。为了再造一间房子，父亲和母亲只好天天喝着凉稀粥，天天咬着牙上山去砍柴，然后挑到市场去换钱，往往一天两个来回，磨得肩臂上的肉都绽开了，满身血汗，后来好不容易才积攒下一些钱，造起一间两层高的楼房，也是土木结构的瓦房，占地约 30 平方米，门前有一条宽畅的村路。可是任谁也想不到这间新房居住还不到两年时间又拆了，原因是为了子孙后代、为了改溪造田为了响应政府的号召，又随着村子一起移川了，父亲和母亲一生就是这么着，为了房子起早摸黑累死累活。

如今老屋已成烟影，怀想也日渐久远。但在我童年的记忆里，老屋虽然是那么拙朴和陈旧，虽然是那么狭窄和破陋，却永远如在我眼前，就像一缕缕和煦的阳光辐射在我身上一样，使我感到舒服美妙无比；又像是从记忆里的相册里拿出一帧尘封已久的童年旧照片一样，一股股暖流畅遍全身，倍感亲切和温馨。

然而，回忆总是让人不免带有某种伤情的，因为它是对过去的某种失落的追寻；同时，回忆也总是让人难得拥有一份甜蜜的，因为在对失落的追寻中又带有着某种深情的寄托和呼唤。

处处飘满茶香的山村

chuchupiao man chaxiang de shancun

重建家园

在县城中山公园里租上一间平房，与人合开一家专门出租书籍的书店，请父亲和母亲照管。父亲是一辈子教书育人，退休后又要与书为伍，足以说明他一生的本分。因家在农村，离我所居住的县城约有五六公里，自父亲和母亲来帮忙看店后，家里就没人居住，母亲常回去烧几炷香，与祖宗和灶上老君默讲几句心里话，祈求合家幸福平安。每逢春节，我们全家人就必定都要回去，这是应该的。

去年春节也不例外。不过我原打算住一两天就回县城，因为春节期间读者较多，书店要开门，没想到连续下好几天大雨，雨虽不大，但春寒料峭。另一个原因就是，大年初二是女婿日，小妹和妹夫要从漳州回来礼亲，按道理我应该在家，由于我懒得在春雨中来回不停地跑，因此就有时间在家多待几日。这些天里，左邻右舍，公公，婆婆，舅舅，婶婶，哥哥，嫂嫂常过来叙叙旧，拉拉家常，在闲谈中，屋外鞭炮声烟花时有炸响，不知不觉也给节日的喜庆气氛增添了不少。从而我知道我们村这些年来，家家户户都有事可做，或忙生意或搞技术均有可喜收获，有的干得挺出色，又是开店又是办厂，又是造房子又是装电话又是买摩托车，应有尽有。口袋里确实有些钱，虽然不比那些榜上大富翁，但他们打的是白手起家的翻身仗，实在很不容易，我真为他们感到高兴。同时，我知道我们邻村，这些年来很不景气，原因之一就是他们年轻一代，大多在家待不住，纷纷往外地跑。好像去淘金，其实去打短工卖苦力，而让家园抛荒，在外打工，可想而知能赚几个钱，腰包不鼓回家过大年自然缺少节日应有的气氛。我听后内心颇有些感慨，总觉得他们那样做实际上等于舍本求末，得不偿失，这又何苦呢？抛弃家园落荒而逃实在不该。邻村和我们村原属同一个生产队，后来才分开。"文革"期间，邻村有过一阵子很风光，因为邻村曾出了个"人物"，是生产大队书记。当时的生产大队书记是很"红"的，但因犯案，"文革"后差点儿被判刑。吓得因病死去。如今，时移物换，两个兄弟村子距离又再度拉大，昨是今非，实在很难讲清楚。

但是我想，邻村的贫困主要不是在物质上的贫困，而是在精神上的贫困。由于精神支柱的丧失导致他们对自己的家园的逃离，这和他们在"文革"那段时间瞎热闹有关。而我们村这些年来，一直坚守家园并谋求致富的道路，实际上是在重建新的精神家园，当然，这也和当时艰苦奋斗，团结一致有关。重建家园尤其是重建精神上的家园才是发展最好的路途，也是打开稳定致富之门的一把金钥匙。邻村现在想些什么我不知道，或许，他们也有自己的说法，我也不清楚。

邻村会不会也重新建起自己的精神家园，我拭目以待。

老陈的果园梦

老陈有一个果园梦，这个梦对他来说很重要。再过几年，老陈就要退休了，老陈在自家屋后种了两株蜜柚，二楼屋顶上还种有葡萄一株，老陈准备靠它来实现五六十年的梦想。这件事说来挺有意思的，我决定写一写老陈的果园梦。

老陈是县医药公司副经理。老陈对我来说，他小时候家里并不很穷，因为他父亲在乡下镇里开了一家药铺，而且他父亲还是本地小有名气的医生，这话我信。老陈还说，他父亲不是本地人，祖籍广东潮州，是来镇里落户的，因为当时广东潮州一带海患严重再加上日寇入侵，日子颠沛流离，到外地行医谋生的人很多。老陈说他父亲到镇里来才买一间临街的房子开药铺，生意不错。遗憾的是，老陈家没有自留地，无法种果树。老陈小时候，看人家屋前屋后都有种果树，当果子成熟时，老陈牙齿就开始发酸，因为他看见别人家的孩子都有果子吃，就他没有。那时候像镇里这种小地方街上是很少有人卖果子的，老陈家即使并不太穷，也无法买到果子吃。老陈说他小时候常去偷别人家的果子吃，有时候被人发现，就从高高的树上跳下来没命似的逃跑，吓得脸色发青。稍大，老陈就想要自己种果树，于是就在附近寻得一块没人要的荒地，开垦后种上果树还有其他的。可是，因为他家是外地人，开垦出来的那块地很快被公家没收了，经过三番五次后，老陈有些气馁，只好干瞪眼看别人家孩子吃果子，那时候老陈年龄还小，并不太懂事。等老陈参加工作后，渐渐就把偷果子的事搁在一边。不过，据老陈后来自己表白说，果园梦其实并没有消失，而是入他骨子里了。他相信总有一天会实现的。

老陈的父母去世后，药铺就关了。老陈举家搬到县城里来，住在单位宿舍里，单位分给他两间房子，虽然还小，但尚可容纳。后来老陈把镇里的屋子卖掉，贴上万把块钱在县城城郊购置一间两层平房，经过一番全面彻底整修后，面貌比以前更漂亮了，屋前有一条水泥公路，十来米宽，屋后有一大块空地，留给老陈遐想。老陈参加工作至今几十年，什么事情都干过，什么科长、局长、主任、经理都担任过。说起老陈到县医药公司当副经理的事，老陈总是感慨万千。他说他在调来医药公司当副经理之前是在县计生委工作，更早之前，是在邮电局当副局长，因邮电局局长一职悬缺，一直以来都是由他主持工作。他说他在邮电局工作快20年了，有点儿烦了。的确，那时的邮电局不像现在，什么都是高科技，工作确实有点儿乏味，而且是条条管理，主要领导隔几年就要轮流调动。老陈不想被调到别的县城去，即使调到市里去，老陈也不想。老陈的想法很简单，就是不想再奔波了。于是有一次偶然的机会，老陈骑着自行车在街头上碰到了县长，就下车和县长聊几句。老陈本只是向县长随意表白了自己的心迹，没想到没隔几天，组织部和人事局就派人把他的问题解决了，县长当时还让老陈自己想单位，老陈来不及想，县长就把他安排在新成立的县计生委当副主任。可是，没多久老陈又向县长提出不愿在计生委工作。老陈私底下认为，在县计生委工作是很"缺德"的事，许多人都会在背后骂他。尽管这是一种误解，但挑战世俗偏见确实要付出努力和代价，尤其是当时，县计生委刚刚成立，世人对计生工作本来就很反感，老陈不愿意因此招来非议，因此向县长请求调别的部门。县长一听笑了笑的，答应老陈的要求，至于要去哪里，还是由老陈自己挑。老陈挑来挑去，最后竟然放弃在政府部门工作的机会，选择到国营医药公司任副经理。当时的医药公司很"火"，不是一般人可以进的，于是，县委组织部就正式任命老陈为国营医药公司副经理。按理，公司一级的领导是不用经过县常委会研究批准的，老陈是第一个。

后来我想，老陈父亲是个老中医，或许老陈生命基因里就本来就有从医这种情结，所以，老陈任国营医药公司副经理也可能是一种宿命。令老陈始料未及的是，后来时事变化太快也太大了，不但县医药公司彻底脱离政府管理，后来还因为某些原因而被政府卖掉。虽然那时老陈已经接近退休不用下岗（未达退休年龄的职员工龄就要全部被低价买断，等于全部下岗，回到社会自生自灭），但是，干了一辈子革命工作的老陈，退休后工资竟然不及政府部门一般的小科员。老陈心里很不服也很无奈，后来就看破了一切，人生仿佛就是一门退场的哲学。老陈自己一直退，退到差点儿下岗，这真是命吗？临近退休的老陈什么也不再想了，想也没有用。近年来，看到人们都在开山买地种果树，老陈的果园梦也复苏了。

早在清朝乾隆的时候，我们这山沟沟里的小县城就有一种柚子被列为朝廷贡品，这种柚子就叫琯溪蜜柚。这种琯溪蜜柚其实已有近500年历史，不幸的是这种柚子同样历经劫难，几次濒临灭绝，所幸的是仅存下来的那几株琯溪蜜柚这些年来得到全方位的推广，成为我们这山沟沟的小县城大跃进似的踏上致富的一条捷径。老陈雄心不减当年，却已赶不上这股潮流，不能像他人那样轰轰烈烈去实现那多年来的绿色梦想，因为我们的老陈快要退休了，也就是说年老了。再说，他现在还担任着我们公司的副经理，虽然薪水羞涩，还能勉强过上安稳的日子，所以完全用不着那样玩命似的去干活、挣钱。尽管如此，果园梦毕竟维系着老陈的一生，他是不会轻易罢休的。他做的第一件事就是上顶楼种一株葡萄，一为夏日遮阳降温，二为了吃新鲜的葡萄，葡萄当然是要选那种外来优良品种。遗憾的是，当葡萄成熟后，老陈哑默了。因为他原本约好我们到时去他家里吃新鲜的葡萄。那么，老陈为什么突然吝啬起来呢？原来老陈的葡萄结出来竟是可怜兮兮的，又小又酸，令老陈羞于启口请我们去吃。老陈做的第二件事就是在屋后空地里种上了两株琯溪蜜柚，这一次大约是不会再弄错种苗了，绝对正宗的琯溪蜜柚。自从老陈种上了两株琯溪蜜柚后，开始学着他人一样置备全套农具。施肥，除草，治虫等等。事情虽然烦琐复杂，老陈却乐此不疲，逢人提起还津津乐道。如果谁问及老陈有没有种果树，老陈会很得意地回说："有。"简单清楚，掷地有声。令其他没种果树的人汗颜，尽管很多人并不知道其实老陈只种两株柚树，一株酸葡萄。

　　老陈说，以前自家没有种果树，去偷别人家的果子吃，现在有了，就不用再去偷，即使没有也不会再偷，偷果子是小时候的事情。老陈又说，现在自家果树就种在屋后和楼顶上，早晚都能看到，多惬意的事。老陈还说，以前即使有果子吃，也是别人家的，别人家的果子再好吃也比不上自家的酸葡萄甜，这话颇含哲理，耐人寻味，这是大真话、大实话。老陈打算退休后还要种几株杧果或龙眼什么的，他盘算着明年那两株柚树要让它们长出几个大柚子而且好像蛮有把握似的。我说，老陈你这是在圆梦吧。老陈笑着说，是的。

向上看还是向下看

　　站在一块土地上，向上看还是向下看，是一个问题，尤其是对于生活在山区里的人们来说，更是如此。每一块土地都有自己仰望或者俯视的姿势。

　　向上看，意味着必须抬头望向天空，去寻找心目中的那片云，然后乘着它，飞向远方；向下看，意味着必须低下头，去深入脚下的这块土地，让目光生根，让足迹发芽。其实，无论是向上看还是向下看，都是一种哲学的思考和结晶。

　　向上看，会有一种辽阔的感觉，恍如进入某一个梦境；向下看，心头必然变得沉重，大地的面孔和表情很斑驳。向上看，天空很远很蓝又很无垠；向下看，大地变得很深很重又很神秘。向上看，人有一种很虚幻的感觉；向下看，人会变得很真实。世间总有很多的东西在这种虚无缥缈又很现实之间缠绵和若即若离。

　　然而，对生活在山区里的人而言是没有选择余地的，向上看是他们的追求和向往，也是一种挣扎和突围；向下看，既是一种宿命也是一种现实。我发现，一直抬着头走路的人，其内心是充满向往的。一直低着头走路的人，其实也一样，只不过表达和掩饰的方法和途径略有不同而已。同样的地方在于，其对头顶上的天空都保持一种希冀，而对脚底下的大地也始终有一种畏惧感，这就是人生。

　　我是一个生活在山区里的人，自小对天空产生信仰，也对大地充满敬畏，这就是我的宿命与现实。站在那条历史的河边，向下看，天空仿佛就在我的脚下，变幻得根本无法捉摸。然后仔细观察，我发现，天空上的那些云，其实就是大地的补丁，其在不经意间被一阵风刮上了天空，然后变成了云。因此我也知道了，无论是天空还是大地，其实也都是有缺陷的。凝目注视，我发现神的天空原来也只是大地的倒影。老子的笑脸出现在天空之上，其实也只是一种符号或者注解。

天空上同样有一条河，它的名称就叫银河或者天河。神通过这条河观看大地的原形。我猜想，那里附近应该同样也有草地和牛羊，包括青蛙和萤火虫等，反正大地上有的天空上也应该有，否则，神又如何生存，未来的人类又如何在上面安居？可见，天空原来也是大地的另一座家园，或者说，大地只是天空的一张床铺而已。但无论如何，神是从天上往下看，而人是从地下往上看。这样一想，神也是人，人也是神了，无论从天上往下看，还是从地下往上看，人神都是一样的。

当然，我不想再浪费太多的心思去想那些不着边际的事，还是回到现实吧。

大地上的流水潺潺，声音滋润而又细腻，万物在周围蓬勃生长，仰望着天空，这就已经够了。再加上每一滴水、每一朵浪花都是那么真实，就更加浪漫了，许多富有想象空间的事物都是从每一种真实开始的，神话也是真实的另一种镜像。

我看见周围一座座高山都像神一样矗立着，因此我只有顶礼膜拜的份儿了。每次我在山上攀爬，都能强烈意识到我越来越接近天空了，这就是神给我的力量和启示。人活着不能没有寄托，更不能没有方向和想象，否则就只有向下看并永远沉沦下去。当然，还有一种状态是无法比拟的，那就是神的境界和皈依。

我看见山区里的路都很窄很小而且很弯曲，下雨天泥泞的路虽然越来越少了，但大部分山里人的目光还是穿不过雨帘，只停留在

淅淅沥沥的雨声当中，这就是他们的眼界。当然，在雨中听雨声是非常浪漫的事情。但是，如果目光穿不过雨帘，所谓的浪漫就是一种浪费。我常常在雨中仰望天空，而脚底却是湿漉漉的。

我们家乡有一条河，虽然它不是天上的银河或者天河，但我通过它看到了周围的农作物包括人类某个个体生命的生长过程，这简直就是一种奇迹。此外，我还经常通过它仰望过天空，其实我的姿态是向下看的，这情景很富有诗意。我还常常在河面上看见船只和水鸟，还有渔夫的影子，我知道其都是神的化身。

山区周围的景致都异常优美，仿佛唤一声就有人会从空气中走出来，并微笑地和你打招呼，生命的奇迹也经常是在这种状态下诞生的。一个山区的老人扛着锄头的样子很容易让人联想到古代的象形文字，包括他脸上的表情和纹路，沟沟坎坎中可以播种许多种子，还有阳光和希望等。当然，背着孩子的妇女也很像古陶瓷，入梦的涛声提醒我们还有许多看不到的东西，包括情感和岁月隐秘的部分。

船总是要顺水而行的，如果逆水行舟其艰难的程度无以言喻。不过，人们在向上看或向下看的同时，其实也要向前看或向后看。向前看是为了寻找出路，正如向上看一样是为了打开自己的天空；向后看也不一定意味着落后，向后看的景点有时比向前看更有成熟的魅力，毕竟真正美的东西贵在发现和珍惜。

我想过一些过去的事情，这也和向上看或向下看有关，同时也和向前看或向后看有关。过去是什么？过去并不是以一个失败者的姿态出现的，更多的应该是一种回归和再现。当我庄重而又严肃地凝望着一条河流呈现的姿态时，我的灵魂已经被叩响，周围的空气和阳光已经凝固成岸边的石头，血肉之躯横亘在天上。

古代人的队伍穿越时空，我看见了他们剽悍的身影和有血性的一面，他们在丛林中若隐若现，置阴谋与邪恶于死地，互相的暗算只能证明人类也有丑陋的一面。异常宁静的那条河流或许已经消失了，但我还能从土地里嗅到他们的汗味，包括血腥。古代人的文明如今已成化石，但是，向下看或向后看还能看到许多。

是的，河流也是有灵魂的，不管是天空的银河或者地面上普通的河流都是一面镜子，也能够储藏记忆，包括逝去的往事。过去就复活在未来之中。当然，我也看到过失败者的影子和足迹包括教训，他们一个个倒下被时间碾过，然后就化为乌有，也有的留下了残渣。勇敢的人从一滴水中也可以闻到他们身上的气味。

整条河流都是属于历史的，也属于现在和未来。当现在和未来变成历史时，那条河流就是属于历史的。我做梦也想去畅游一番，然后看看过去，现在和未来。当恐惧中的黎明从噩梦中醒来，满脸笑容地出现在阳光底下时，那就是未来的样子。而我将继续蜿蜒在生命的旅程中，我体验到生命最本能的那种冲动和兴奋。

后来，我的生命中出现了另外一个她，就站在那条历史的河边，美丽而又宁静的风景，对我的心灵产生了巨大的震撼和等待。于是我恨不能马上与她一同骑着一匹白马沿着河边散步，闲着的时候就让那匹灵魂的白马去河边吃草，阳光洒在它的身上，包括我们的身影都被拉得很长，那是多么富有诗意的浪漫等待。

频频回首的人们好像有什么心事，依依惜别于这片绿水青山，恨不能早日走出这条山路，或者直接向上飞升。点点滴滴的雨水融入河流变成了许多的鱼。据说人的前身也是从鱼演变而来的，如今只是还鱼如鱼而已。山坡上还有什么要绽开吗？很显然，大山深处暗藏着一股暖流，正随着季节上升，一起涌上天空。

没想到的是，她的到来让我看透了季节的变化。原来循环往复的心事，也需要向上或者向下探视，真正的悬崖是在心底，河水最深的地方离人心最近。仰望天空，我已经懂得了美的欣赏，哲学的高度其实并没有高度可言。我的心中不由自主地想要唱起一首没有任何主题的歌，水漂过的声音很快就入梦了……

悠悠古香路　漫漫两岸情

　　一千多年前，有位唐代高僧从广东潮州灵山寺，来到素有"漳南佛国"称号的漳州，然后挥动法杖，在天空上画了一个圆圈，于是，一座名叫"三平寺"的寺院就金光闪闪地坐落于现在的平和县文峰镇境内。一千多年后的今天，该千年古刹已成国家AAAA级旅游风景名胜区，日夜享受着万民的朝圣和仰望乃至神思。而那位唐代大德高僧，也就成了三平寺的开山和尚，法名——义中禅师。

　　义中禅师，俗姓杨，名义中，敕封广济大师，俗称三平祖师公，祖籍陕西高陵，生于福建福唐（今福清），14岁出家，拜多位禅师为师，遍游名山大川，后成广东潮州灵山大颠禅师的法嗣，是六祖惠能第四世弟子，佛教渊源甚厚。

　　史载，唐代吏部侍郎王讽任漳州刺史的第二天便跋山涉水，历经坎坷来到三平寺拜访隐居于此弘法的义中禅师，并以"师以山而道倖，山以师而名出"一语称颂他，留下千古佳话。其实，与三平祖师交往的第一位官场人物，是唐代八大家之首——韩愈，且两人交往颇深，并成就一段因缘，成为千古佳话，传颂至今。

悠悠古香路

　　说起三平寺，人们自然而然会想到那条古香路。遥想那条古香路，神思就回到了满眼蛮荒的年代，只见那条悠悠的古道上，布满荆棘，乱石挡道，虎蛇横行，却有几个和尚，在路上漫无目标地奋力并艰难地往平和方向的山上攀行，那种坚强意志和执着信念令人佩服。最后，他们在"樟花献瑞"的指引下，来到"九层岩"，即现在的三平寺，从而成就了千古传奇，并成为闽南文化的重要组成部分。

关于那条古香路，民间有几种不同说法，其中较普遍认可的是，从龙海程溪下庄经塔潭，翻山越岭徒步抵达"九层岩"。古人云，欲上九层岩，"登者必历三险三平，乃至岩顶。"所指应该就是这条古香路。如今，那条古香路沿途还留下许多的神迹和传说，足以说明一切。诸如南天门土地公庙、淡田观音佛祖、分路亭伽蓝爷、叠石庙三王公、彭水祖师、侍者公、投某（妻）石等，叙尽了旷远的神秘和对历史的追寻，同时也留给后人无边的想象。另一条是从漳浦而来，半途与塔潭那条路重合，亦有一定道理，但不如塔潭那条路有迹可循；还有一条是从现在的文峰镇而来。如今，这条路已经是省道了，但这条路应该不是当年义中禅师一行人进山的路途，而是后世人进山朝圣之路，因此也可视为另一条古香路。

小时候，常听长辈们讲以前上山进香的经过和情形，总是非常感动。本地民间有句话叫，"一年到，三年透。"意即上三平寺，上一年就要连上 3 年，这样才会更加灵验。且，上山前一天，至少前那一顿早餐不能吃荤只能吃素，有的甚至提前 3 天就开始斋戒，以表礼佛的诚心与清心。在我小时候的印象中，父辈们每年总会有那么一两天要上三平寺去朝圣，来回也要一整天，起早赶路，摸黑回家。还听说有不少外地人，也是用步行来到三平寺朝拜祖师公，有的来回需要两三天，路上之辛苦可想而知，其心之诚，其实也已经全部被写在那条古香路上了。

三宝三奇

三平寺现有三宝：（1）宋朝保留樟木雕成祖师公金身，距今有800 多年历史。该佛像最主要特色四肢关节都能活动，非常灵活，被称为"活佛"。史载，20 世纪 40 年代漳州曾发生一场鼠疫，因当时缺医少药，死伤无数，当地老百姓请这尊祖师公金身出巡到漳州镇坐 3 天 3 夜，鼠疫奇迹般消失；（2）镇寺之宝祖师公真身舍利镇坐在古井里。古井位于塔殿正中，井里有一口缸，祖师公圆寂时他的肉身就镇坐在缸里。人们常说，三平祖师很灵验，原因与此有关；（3）现三平寺存有唐代文物石公一座，为祖师公半身浮雕像，置于塔殿后。该处即三平祖师的衣冠冢所在地。该浮雕为半身像，俗称石公，相传是祖师公真容。其刻工淳朴古拙，有龙门石窟风格，是辟邪镇寺之物，起着"石敢当"的作用。

三平寺还有三奇：（1）寺院三殿半，沿蛇形山脉倚山而建，素有"蛇穴宝地"之称。民间传说，该寺院是那些被三平祖师收服的蛇妖和众祟为将功赎罪而兴建的；（2）寺中没有和尚。其中有个悲壮的故事，20 世纪 30 年代中后期，红军游击队在三平寺周围活动，寺中和尚将香火钱大部分资助红军，并为红军提供情报。庙中和尚后被国民党反动派全部杀害，成了没有和尚的寺庙。其实更早之前，三平寺就已有过没有和尚的经历，而这主要是和义中禅师没有法嗣弟子有直接关系；（3）神蛇不会咬人，与人和睦相处。该神蛇被称为"侍者公"，原是蛇妖，被义中禅师收为侍者，成为神蛇。一般情况下，该蛇不会咬人，即使偶然被咬到也不要紧，因为该神蛇无毒，不会伤害到人，且这种神蛇只有三平寺附近有，别的地方想找也找不到，这就是神奇的地方。传说中，香客到三平寺旅游的人若遇见它，便会开始走好运。该神蛇还喜欢与人同睡，与之同睡者，则更是要行大运了。

此外，三平寺址坐北朝南、北靠狮子峰、南望笔架山、东接大柏山、西邻九层岩，周围有古代八大景点：毛氏洞、龙瑞瀑布、和尚潭、龟峰、虎林、虎爬泉、侍郎亭和仙人亭。还有现代十二景点：广济园、百果树、侍者公馆、龟蛇溪、九龙壁、佛碑、竹溪流筏、听瀑轩、镇妖地狱、幽谷兰圃、仰圣山庄和红军纪念馆。总之，三平寺古今人文景观，错落有致，互相辉映，连成一体，自然和谐，不失为"漳南佛国"的称号，更增添了山水的妩媚，同时也带给人们无限美的享受。

香火外传

悠悠古香路，漫漫两岸情。接下来，也说说有关香火外传这件事。

宋代以来，有不少的闽南人不畏风浪，驾着小木船，出生入死，横渡海峡到台湾开拓家业。明清时期，更加热闹，纷纷移居台湾。据悉，目前台湾约有80%的民众根在闽南，其中以漳州人为多，这就足以说明一切。而这些迁台的先民们，移居台湾时不忘将家乡的神明也带过去，其中三平祖师的香火就是这样传过去的。这是信仰，也是人们活下来的理由和精神支柱。刚开始时，人们只是把三平祖师的香火供在自己家里，后随着迁台人数的越来越多，为便于大家答谢神恩，就共同创建三平祖师的分庙。逢年过节，社戏连台，热闹非凡，香火也越来越旺盛。如今，在台湾的三平祖师分庙多达50余座，信众也达到了60万以上，主要分布在台南、屏东、高雄等地。其中，最有影响的有如下几座分庙：

台南广济雷音宫。地址在台南县永康市胜学路159号。该庙主神为三平祖师。三平祖师座下弟子雷华童子奉命在此开辟台疆，是目前台湾最大的三平祖师分庙。雷华童子早于三平祖师之前登上极乐，该宫三平祖师坐镇其中，神威显赫，信者众多，香火十分旺盛。

屏东塔楼三平祖师分镇。地址在屏东县里港乡塔楼村塔楼路52-2号。每年有三大节庆，即三月十六日为三平祖师抵台纪念日，七月十五日中元普度，十月十五日村民谢平安。该庙金碧辉煌，气势雄伟，香火也是十分鼎盛。

高雄三龙宫。地址在高雄市前镇区福民街45巷17号。1980

年由二桥三龙宫、青草岭龙凤宫、中廊元宝殿三宫合建而成。该宫主神为三平祖师，同样热闹。

宜兰永安寺。地址在宜兰县五结乡季新村社尾。该寺建于公元1861年，1970年（民国五十九年）重建。主神为三平祖师，传说三平祖师曾经显灵，普救灾民，周围的信众备受感动，十分信仰，引为福佑之神。

此外，三平祖师的香火还远播东南亚许多国家和地区，包括欧美等地。明朝中叶，许多漳州人从九龙江的出海口月港和厦门港出发，远渡重洋，到东南亚一带和其他地方去经商、谋生。直至清初，还有不少人由此而漂泊海外，其中不乏平和人。资料显示，平和人远渡重洋的国家主要有泰国、马来西亚、新加坡、印度尼西亚、菲律宾、越南、缅甸、柬埔寨、日本、美国、加拿大等地，可见，分布范围很广。这些人为了敬天祭祖，感恩神明，以慰心灵，也纷纷把三平祖师的香火传过去。让人难以想象的是（其实也可以想象），当时出海的先民是在背井离乡的情况下带着三平祖师的香火远渡重洋的，那是多么壮烈的举动和场面。三平祖师的香火就是这样在海外传播开来并影响至今，其中最有代表性的是印尼锡江市保安宫：地址在印尼锡江市龙谋街。主神三平祖师，旁祀蛇、虎二侍者，和三平寺完全一样。据介绍，该宫始建于清代，为平和人聚信众所建。每年逢正月初六、六月六、十一月初六，都举行隆重纪念活动，信者众多。还有，香港三玄宫，香火也十分旺盛。据悉，该宫现有固定会员120家，善信300多家。

如今，三平祖师的香火日益鼎盛，自然与这些海内外香客回来寻根有关。相信，随着两岸关系的日益密切，未来三平祖师文化定会被阐述得更加精彩和圆满。让信仰的火炬烛照出未来吧，一条通往两岸民众内心精神家园的道路，正在进一步拓展，并正在迸发出神力的光芒，好像佛光普照一样，让一切都进入安详状态吧。相信，未来两岸和平统一指日可待，这也是三平祖师信众内心的共同愿望。

与蔡太师共山水

文人好山水，天经地义，因其兴趣和爱好包括人生的价值取向使然。清官好山水，虽也有文人的特点，但更多的是为了避世。

蔡太师是一个清官，又是一个文人，他赏玩山水达到出神入化境界并不很奇怪，但是，对山水的理解不能停留在山水上，更应该进入内心，内心的山水更胜于外在的山水。从这一方面来讲，蔡太师内心其实是孤独的。他内心的孤独来自他不但在现实中找不到知己，只能寄情于山水，而且，他在寄情于山水的过程中，同样也找不到知音。由此可见，他心中的山水其实也是孤独的。好在他能够以一个文人的超脱，将内心的孤独化成山水，也将孤独的山水融入自己的人生观、价值观和世界观里。所以，他的人生一直都活得很超然，很曼妙，这是最令人羡慕的地方。

蔡太师也就是蔡新，福建漳浦人，跟平和有牵连是因为他是平和人的外甥。清乾隆年间，蔡新官拜文华殿大学士，又任太子太师之职，相当于宰相。他不但主管着四库全书馆，还著有《辑斋诗文集》等传世作品。现漳浦有他的故居，叫作"永清堡"，还有祖厝。故居和祖厝虽破落，但正在修缮当中，相信会得到重视和保护。漳浦还建有他的纪念馆，馆内正堂高挂着"五部尚书""太子太傅""太子太师"三块牌匾。故居和祖厝里还收藏

着乾隆皇帝御书"武库耆英"和仁宗皇帝送给他的御书"绿野恒春"。此外，还有纪晓岚和刘庸写给他的贺信等。

平和坂仔五星贵阳楼是他的外婆家，他母亲是平和人。小时候，蔡新经常随母亲从漳浦回到平和外婆家玩，山靠着山，水连着水，屋后的窗子，从外婆家可以望到漳浦的家，是何等的惬意啊。可见，蔡太师从小就与平和有一段很深的感情，并有很深的渊源。小时候的人生经历，对于一个人的成长是至关重要的，每一个场景都是一张老照片，收藏在自己心灵的镜框里。晚年时，蔡太师经常到三平寺"食武夷（乌龙茶），看金鱼"。优哉游哉，享受晚年快意人生，其乐无穷，这和他小时候的经历不无直接关系，怡情山水其实只是用另一种方式遁入佛门而已，其超然的境界，难掩内心的孤独与寂寞也是真的，高处不胜寒，只有少数人能理解。

读到蔡太师的"五峰秀透骨"时，被他的文学功底和道家思想境界所深深折服了，尤其是其对山水的理解与品位，更显示出他的精神高度和不凡。形容五峰用"秀透骨"来创造意境，没有很深厚的文学功底和道家思想境界是达不到的。以我的见解，这句话所显露出来的山水，确实能够达到梦幻般的效果，而这种语言魅力确实不是一般文人所能描写出来的。换句话说，一个人心中的山水有多少，其文化的积累就有多少。同样地，一个人心中的山水有多高多深，其文化的修养就有多高多深。当然，用这样的语言方式来表述，或许也只能说给那些心中有山水并懂山水的人，才能听得明白。据悉，"五峰秀透骨"这句话是一对木刻联的起句，为蔡新亲手所书，只可惜，今已遗失，实在令人遗憾，并为之惋惜。有些文字实在是可遇而不可求的，仅凭这句半联其实已经可以读出，蔡新确实是个清官，且是个有品位、高雅的人，尤其是文字中透露出来的那种文人傲气和清奇魔幻效果不仅力透笔画，而且荡涤在读者的心灵当中，因此产生无尽的想象。

晚年的蔡太师，漳浦是他的家，三平寺的山水应也是他心中的家。蔡太师晚年怡情于三平寺周围的山水，三平寺也因他的到来并留下墨汁而成为佳话。

蔡太师处事周圆，又超然于人事，难怪会钟情于山水并有自己独到的领悟。怀着一颗虔诚之心，来过三平寺旅游和朝圣的人都能感受到，三平寺周围的山水，确能给人化外之境的感觉，来到这里，世俗的尘心与杂念都会被洗涤，难怪蔡太师会迷上这里的山水，何况还有三平祖师公鼎盛的香火在指引，一切的一切，仿佛都在不言中。这个时候，我总算知道，清心寡欲其实也是一种境界，同时也是可以修炼出来的，山水之灵由此显现。

不过，我想，当官一旦沾上文人的傲气，则意味着他的内心将要开始走上真正的孤独与寂寞的旅程，而我之所以能领悟到这一点，并有幸与蔡太师共山水，皆因去年，为写《三平祖师》这部长篇小说，我在三平寺待了好几天，先后遍访了周围的山水和不少70岁以上老人。在此期间，我曾多次企图让自己的心境回到过去的年代。后来，在写作过程中，蔡太师的影子时常飘忽在我的眼前，翻开史料一看，蔡太师果然与三平寺有缘，所以，我也因此有幸进入蔡太师内心真实的另一面，这难道也是一种缘？但愿不仅仅是一种缘，更是山水显灵。

说到这里，我想起漳州南边有条九龙岭，岭边有一座新修的土地庙，规模很大，不进庙去参观，还无所谓。进去一看，肯定会被吓一跳，这个土地庙不仅规模不同寻常，连里面的土地公也不同寻常，该土地公居然身穿蟒袍，还戴着王冠，这是谁的杰作呀？不会是弄错了吧？只见旁边有块石碑，仔细一看，又是大吃一惊。碑石上记载，说乾隆有一次下江南，来到漳州，陪他同来的是文华殿大学士蔡新，因为蔡新是本地人。谁知，当君臣二人

处处飘满茶香的山村

chuchupiaoman chaxiang de shancun

经九龙岭时突降大雨，蔡新往周围四顾，见不远处有座土地庙，但他犹豫再三，认为土地公官职太小，不可以见驾。乾隆爷一听，顺手就把蔡新头上的顶戴扣到土地公头上，这样君臣二人就一起进入土地庙避雨，这正是这座土地庙与众不同的地方。这个传说很广，很有一点儿陪皇帝游戏山水的味道。

一个飞黄腾达并阅尽世事的人，即使退下来后，如果能够世故一点儿，本来也是可以倚老卖老的，在正常情况下，走到哪里，也还是会有地方官前呼后拥的，哪有时间自己一个人跑到寺庙里去怡情山水？蔡太师当时到三平寺去赏玩山水，肯定是不愿意有人跟着他去，完全要让自己闲云野鹤般去放松自己，让自己的心境回归自然，这其实正是内心孤独与寂寞的表现。或许，以蔡太师当时的心境确实是不愿意再去管身边的俗世，更不愿随波逐流，所以才选择了赏玩山水。

亭文化

　　三平寺有个非常知名的亭子，叫侍郎亭。该亭因谁而出名曾经有异议，较早时有人认为是因唐宋八大家之首——韩愈而出名，依据是当时韩愈因谏阻迎佛骨被唐宪宗自刑部侍郎贬为潮州刺史，在潮州期间与三平祖师公结下一段很深的情谊。所以，三平祖师公圆寂时，韩愈"自潮来会葬，故山有侍郎亭"。

　　后经考证，"所谓韩侍郎之说"纯属以讹传讹。据载，韩愈逝于唐穆宗长庆四年（824 年），三平祖师归寂于唐懿宗咸通十三年（872 年）。祖师归寂时，韩愈早已作古，自然不会"自潮来会葬"。宋孝宗年间，漳州文化人蔡如松考证，认为侍郎亭中的侍郎应指当时吏部侍郎漳州刺史王讽，这一论点，得到后世普遍的肯定和接受，以致沿用至今，几成定论。

　　但是，我曾经无数次询问自己，也曾经与人共同探讨过，当年的吏部侍郎漳浦州刺史王讽为什么要跋山涉水到三平寺拜访义中禅师？他和义中禅师早就认识吗？而且，他是在上任第二天就来到三平寺，有"讽自吏部侍郎以旁累谪居守浦，至止二日，访之，但和容瞪目，久而无言"。为证（摘自王讽所写《碑铭》）。那么，到底是什么力量促使他要去拜访义中禅师呢？要知道，当年从漳浦州到三平寺几乎是无路可走的，何况，根据以上记载判断，在此之前，义中禅师和吏部侍郎漳浦州刺史王讽很有可能是互不相识的，既如此，为何会如此崇拜呢？

后来，当我写完《三平祖师公》这部长篇小说后，总算找到了一个合理的解释，那就是吏部侍郎漳浦州刺史王讽之所以会在不认识义中禅师的情况下，就去拜访他，非常有可能是经过韩愈介绍的。作为唐宋八大家之首，韩愈的大名我想是不用再介绍了。王讽当时认识韩愈是很正常的，因为他们两个一个在户部，一个在吏部，可谓同朝为官，没有不认识的道理。不过，有一点存疑就是，韩愈认识义中禅师是在被贬之后，可见，在此之前，韩愈与王讽就素有往来，否则，也是说不通的，但我宁愿相信两个人是好朋友。这一点可以通过王讽的品行加以印证，能够和义中禅师"相见恨晚"的人，与韩愈肯定也是常有往来的。

于是，我的头脑中同样无数次地想象着，当年王讽从漳浦徒步上三平寺沿途的情形和心境。我猜想，他当时的心境一定是很不舒服的，对官场的一切几乎也已经心灰意冷，当时朝廷常常因为一些莫名其妙的原因，弄得人人自危，甚至鸡飞狗跑，该贬的被贬，不该被贬的也被贬，这是其一；其二，此时此刻的王讽可能也开始相信命运了。这一点，从他刚上任就抛开政务，来到三平寺向义中禅师请教佛法就可以看出来。当然，也有可能是政务上遇到什么难题，特来向义中禅师请教，就像当年韩愈拜访大颠禅师的情形和心境一样。王讽和义中禅师也算是有缘，虽素未谋面，却能一见如故，大宽了王讽的心，从而找到了知音。历史证明，义中禅师也因为和王讽结缘，之后才有《王讽碑》和《行录文》传世，而这绝不是巧合，从宿命的角度来讲，这也确是互有因果的，人生之玄不过如此。

当年的吏部侍郎漳浦州刺史王讽走到距三平寺院约 5 华里处，也实在太累了，不料天色将晚又遇上当地土著民（即毛人）的为难，差点儿送命，幸亏得救，并转危为安。不仅如此，当地毛人还为他建下侍郎亭，这真是应了那句话"祸福无常"。不过，原来的侍郎亭现在早已被毁，如今在三平寺前的那个侍郎亭为新亭，于1992年修建。我曾经多次在新亭里静坐，试图感受一下旧亭的脉动，无奈总觉得不如想象中的旧亭留给我的印象深刻，但不知是我的定力不足，抑或是新旧之间距离太远，地点也相差太远。我想象中的那个旧亭肯定没有新亭漂亮坚固，或许旧亭只是用四根木柱支撑起来的一个木亭而已，而新亭不但是个石亭，而且雕工精美，显得尤为别致，只是太新了，以致太不像了。猛然明白，新亭本来就不是用来取代旧亭的，也取代不了，也不是用来怀念的，只是用来提醒和象征。想到这，我禁不住有点儿哑然的感觉。

转念一想，何止三平寺如此？君不见，全国各地不断有新亭换旧亭的现象发生？于是，我想到了"更待菊黄家酿熟，与君一醉一陶然"之北京陶然亭，还有"醉翁之意不在酒，在乎山水之间也"之滁州醉翁亭。北京的陶然亭因唐代诗人白居易而出名，滁州的醉翁亭因欧阳修的《醉翁亭记》而出名。此外，还有晋代王羲之的兰亭和苏东坡的喜雨亭，等等。其北京陶然亭以"陶然"之境界讨人喜欢，而滁州的醉翁亭以"醉翁"之意不在酒的情态惹人迷思。还有一些，显然是因为建筑和文化艺术等方面让人记住。总之，亭文化的味道十分浓厚是无疑的，荡漾出来的山水之美一时也难以言尽，但从亭文化的角度来分析，这些亭被后人记住是应该的，也是必然的。再说，我国古代就有"亭文化"的背景和氛围。根据这一点，我倒是非常想建议，作为国家AAAA级旅游风景区，三平寺有必要在原来的那个地方，恢复侍郎亭，这样或更有助于旅游和观光，包括文化方面的回归，即便只是出于对亭文化的保护也是应该这样去做的，思维才能衔接起来。

从亭文化的角度来讲，也应该这样的。从某种意义上讲，在我国古建筑中，亭文化具有悠久历史，并且是用一种特殊的形式在记录和回忆历史。它的构造简单，但文化的意味深长，经过长期的沉淀和不断的演化，成为一种特殊的民族文化，实在难能可贵，把它当成凝固的语言，或一种物化形态的雕塑也是十分准确的。何况，亭作为一种文化载体，让它保持原样留传下来也是应该的，更何况，作为山水文化的象征和点缀，让它恢复到原样，或许会被发挥得更加淋漓尽致，帮助后人找回过去的印记，包括对历史人物的怀念与肯定，通过亭文化这个载体也是富有诗情画意的，何况亭文化里丰富的内涵也还没有被彻底挖掘出来。我国古代还有五里亭、十里亭、长亭与短亭等，不知挥洒过多少离人的眼泪，又鼓舞过多少出征人的激烈壮怀。总之，三平寺有必要让侍郎亭恢复过去的样子。

休闲与怡情的功能，无疑也是亭文化之所以会被继承下来的原因之一。当年的侍郎亭虽然不是为了休闲与怡情才被建了下来，但它却给后人提供了休闲与怡情的可能，同时也可以让人沉浸在山水和文化当中，这就是意外而又必然的收获。我理解现在三平寺里的侍郎亭，象征意味大于休闲与怡情是一种现实的需要，同时也是一种无奈的做法。所谓无奈，其实是一种文化的短视造成的。三平寺要想让侍郎亭获得重生，就应该在原来的地方去续接生命，这样血液才会通畅。